巫覡咖啡館之梧桐路篇（繁體字版）

THE WITCH & WARLOCK CAFÉ ON WUTONG ROAD (IN TRADITIONAL CHINESE CHARACTERS)

B杜

British Library Cataloguing-in-Publication Data. A CIP catalogue record for this book is available from the British Library.

ISBN 978-1-913080-77-8 (ebook)
ISBN 978-1-913080-76-1 (print)

For my Family

引子

梧桐路上種了很多梧桐樹，隨著春天的腳步近了，綠意悄悄地爬上樹梢以及路兩旁那一棟棟有著紅色瓦頂與青灰色牆體的深宅大院，在碧空如洗的襯托下，宛若一幅臘去春來的風景畫。

話說梧桐路上的每一棟老洋房都攜帶故事，它們有的唯美浪漫，有的悲壯淒涼，有的可歌可泣，不僅墨客雅士喜歡來此感受人文情懷，時尚博主和小年輕們也歡喜在此街拍打卡，於是特色小店如雨後春筍般湧現，它們很可能開在老公寓的樓底，也可能在舊式弄堂裏，畢竟歐式大宅院不時興彼此緊挨著，大房子和大房子之間剛好可以塞進一些平民陋室，這也是梧桐路的特別之處——貧富交錯卻不違和，一派和諧景象。

就在三步一花店，五步一茶室的梧桐路上，不知何時突然冒出一家"奇怪"的店。

何以為怪？首先，店名《巫覡咖啡館》就很奇怪，有人甚至不知"覡"該怎麼唸？不過店主早有準備，在"覡"字下方標註讀音（二聲Hsi），同時在店門口立了一個人字板，上面工工整整地寫著：凡以神仕者，掌三辰之法，以猶鬼神示之居，在女曰巫，在男曰覡（翻成白話的意思便是施通靈之術者，女性叫巫，男性叫覡）；其次，出現的時間很奇怪。這家咖啡館的前身是個雜貨舖，經營不善後一直空置著，某天一覺醒來竟成了咖啡館，速度之快令人咋舌；其三，經營的方式很奇怪。開的是咖啡館，當然希望客似雲來，但實際情況好像並非如此，比如館內的絳紅色窗簾總是拉上，外面看不見裏面。還有，門板上雖然掛著"營業中"的牌子，但門把經常轉不開，所以即使客人有心上門，大概很快會打消主意。

正當大家以為這是一家永遠不開張的咖啡館時，門把忽然被轉開了，巫覡咖啡館總算有了第一位客人……

第一位客人：楊梅

楊梅－1

I

菲律賓的錫亞高島一年只有旱、雨兩季，現在是雨季，雨水往往不打一聲招呼就翩然而至，不過來得快去得也快，和旱季的炙熱比，雨季顯然宜人許多。

"羊妹妹，妳果然在這裏。快起來，有學員指定要妳。"

說話的是啟東，他是島上唯一一家華人衝浪俱樂部的少東。

"我才剛躺下沒多久，連天上的雲朵都還未數完，你就過來喊人，可真會折騰人！"說完，楊梅從岩石上坐起。

"那妳繼續曬日光浴好了，我讓Yam去。"他答。

楊梅想到自己的口袋內只有50比索，再不開工，連一個毛鴨蛋都買不起，遂趕緊把散落在岩石上的比基尼泳裝和水母衣穿上，同時答："當然我去。"

你若問楊梅就這麼赤條條地躺在大太陽底下，難道不害臊？

嘻！還真沒有。

早些時候她更放肆，想裸體就裸體，不分時間和場合。自從被某些衛道人士"不間斷"地投訴後，現在的她已經收斂很多，懂得找偏僻一點兒的地方"解放"。至於啟東……他倆十一、二歲時就認識，後來還……反正身上有幾顆痣，彼此閉著眼睛都能指出來，何需躲藏？

"待會兒上完課記得來找我，我有禮物送妳。"啟東對她說。

"真的？那麼我得好好上課，不毀你家的金字招牌。"楊梅笑嘻嘻地答。

楊梅－2

2

馬尼拉沒有直飛錫亞高的班機，一般都是從宿務或者達沃轉機，正由於交通上的不便，才保留住這個小島的原始風貌。

楊梅不止一次聽遊客談起錫亞高的"原生態"（這是比較體面的說法，事實上就是貧窮）。拿物質來說事，錫亞高肯定窮得叮噹響，但這不表示島民的精神生活就匱乏，好比她和母親，住的是最簡陋的棚子，連擋風遮雨的效果都達不到（風一吹就搖搖欲墜；雨一下就進大水），但她倆和這裏的居民一樣，時不時把微笑掛在嘴邊，這大概就是所謂的"知足常樂"吧！

"媽，妳為什麼要從里格半島千里迢迢來到人均收入依然很低的地方？"楊梅曾問母親。

"我跟著一位有著火山岩膚色的男人來到這裏，後來發現回不去了，索性便留下來。"

"為什麼回不去？"

“因為沒錢。”

沒錢是真的，但這絕對不是主因，楊梅猜想是私奔所帶來的“恥辱”讓母親回不了家。

“依汝，”母親忽然喚她的乳名，“妳不會怪媽吧？！”

“當然不，我喜歡這裏，不用上學還能天天衝浪，多爽！”

以前，楊梅總要爬山涉水去上課，由於學習不好，經常捱罵。來到錫亞高之後，簡直如魚得水，如果衝浪也給證書，她起碼能拿到一個學士文憑，而不是現實生活中的小學肄業（事實上她只讀到小四，而且年年不吉格）。

雖然現在的楊梅也算是有了一技之長，但和這裏的職業浪人比，實在是小巫見大巫，這也是到目前為止她仍拿最低時薪的原因。

別看她已經苦哈哈了，她母親比她還隨心所欲，不到火燒屁股，絕不輕言打工。

可想而知，身為“日光族”的兩人，生活有多拮据。

還好想在島上餓死很難（樹上有免費的椰子可摘，海裏還有取之不盡的魚兒可食），這些年就靠著老天爺的眷顧，母女倆才得以相安無事地度過這麼多風雨飄搖的日子。

楊梅 3

3

找楊梅的學員住在島上最好的度假村，聽說已經住了有一段時日，不過最近才開始學衝浪，這也是她挺不明白的地方。如果想看海，那個男人應該去長灘島、薄荷島、愛妮島……等，那裏的沙灘更美、海水更清澈、美食更多、購物更方便。錫亞高了不起就是個衝浪天堂，來到衝浪天堂卻遲遲不衝浪，跟"入寶山，空手回"沒兩樣，還好他及時醒悟過來。

"Hi，又見面了。"那個麻子臉男人向她揮手。

"我以為你放棄了。"

"不能放棄，放棄就輸了。"

昨天嚇到腿軟的他，今日卻是正能量滿滿，很好，勇氣可嘉！

"走吧！"她說。

錫亞高的海岸線有無數個浪點，其中最著名的就是九霄雲（Cloud 9）。楊梅當然也想挑戰那個浪點，但今天的學員是個新手，斷不可能讓他置身於危險之中，所以還是選擇老地方，可是……

"下雨了。"學員仰天喃喃道。

"沒事，一會兒就會停。"

他幾度欲言又止，最後還是把話吞下去。

楊梅把他帶到岸邊，讓他重複昨天做過的動作（趴在衝浪板上划水，然後跪著，接著站起）。就這麼練習了十幾個來回後，她拉他到浪淺的地方進行實戰。

老實說，這個男人的平衡感是楊梅教過的學員當中最差的，看他笨手笨腳的樣子，有時她都忍俊不禁笑場。被取笑的男人倒不生氣，反而很興奮，真讓人想不透。

"啊～"一個大浪打過來，麻子臉學員嚇得尖叫起來。

楊梅正要提醒他冷靜，另一個大浪又過來，頓時像發生慘案似的（很難想像一個男人也能發出那麼高分貝的聲音）。

沒等楊梅反應過來，下一秒竟傳來"噗通"一聲，她的學員落水了。

事不宜遲，她立馬潛水救人。

別看此處的海水不深，但底下有礁石及珊瑚，稍不慎很容易劃傷。

"我……我流血了。"被救上岸的男人哭喪著臉，彷彿世界末日。

其實那是個很小的傷口，小到能直接忽視，但他一直喊疼，楊梅只好暫停課程。

"妳能送我回度假村嗎？"他慘兮兮地問。

“不行。”

“我買了兩個小時的課程，就當上課吧！妳不用另找時間補課。”

這倒是個不錯的交易，於是她點頭同意了。

楊梅_4

4

"楊梅"是漢文名，她的真實姓名其實叫里格賓瑪其珠（里格是姓，賓瑪其珠是名）。聽她的母親說，摩梭人的姓氏大多因地名而起，"里格"便是。

說到"里格"半島，那是楊梅從小居住的地方，就位於瀘沽湖的西北部，三面環水，背靠格姆女神山。長久以來，那裏一直人煙稀少，也不知是誰後來發現了這麼個好地方，並且利用互聯網的威力傳播出去，讓這個淳樸的村子一下子湧入大量的觀光客，打破了寧靜。

"妳父親就是其中一位遊客，他不了解摩梭人的習俗，後來我們分開了。"她母親雲淡風輕地解釋。

"父不詳"對楊梅來說不是那麼難以接受，因為摩梭人是母系社會，孩子跟著媽媽，"不知父親是誰"並不奇怪。

"妳有那麼多情人，怎麼知道我父親是哪位？"楊梅曾好奇一問。

"我當然知道，以後妳也會知道。"

從這個回答，不難發現楊梅的母親對她的交友採放任的態度，但千萬別誤會，摩梭女人向來不"隨便"，看得順眼才上床，看不順眼……抵死不從！

"妳……妳不是摩梭人嗎？"楊梅的學員問，臉上有明顯的巴掌印。

"我是。"

"那……那妳還拒絕我？"

楊梅真不知道別人是怎麼理解的，摩梭女人可不是"來者不拒"，更不是"招之即來，揮之即去"，相反的，她們擁有絕對的選擇權，男人只有"被接受"或"被拒絕"（顯然這位學員不入楊梅的眼，所以"被拒絕"了）。

聽完解釋，學員問："如果……如果給錢，情況會不會不一樣？"

"你打算給多少？"

那個男人頗為興奮地呈上皮夾，豪氣地說："通通拿走。"

楊梅打開皮夾，裏面有一沓紙鈔，少說也有幾萬比索。

"快上來，小寶貝兒！"他拍拍那張雪白的圓床，"春宵一刻值千金。"

那張猥瑣的面孔讓楊梅噁心到想吐，她憤而將皮夾甩向空中，花花綠綠的鈔票從天而降，像下了一場色彩繽紛的紙雨。

楊梅 5

5

楊梅到俱樂部找啟東，他說她今天下課晚了。

"學員受傷了，我送他回度假村。"她答。

"妳……"

"沒有，那個人的臉坑坑巴巴的，我不喜歡。"

啟東笑了。

老實說，楊梅隱約感覺到啟東總想替她的上床對象把關。雖然他是她的第一個男人，但管得未免也太寬了？

"你不是說有東西送我？"楊梅轉移話題。

"嗯！不過妳得閉上眼睛才行。"

這有什麼困難？她立馬闔上雙眼，再睜眼時，一個橙紅色的全新衝浪板就立在眼前。

"嘖嘖嘖！真豪華。"她看直了眼。

“羊妹妹，祝妳天天開心！”他說。

雖然那個有張“芝麻燒餅”臉的男人的確壞了楊梅的心情，但收到禮物後的她，瞬間就將不快置之腦後。

“謝謝啟東哥哥！”她眉開眼笑地答。

“要不要試試新東西？”

“當然，現在就去！”

楊梅_6

6

摩梭人為孩子取名通常在三歲以後，三歲之前多半取一些挺隨意的名字，像是家畜之類（好比楊梅的乳名"依汝"便是"牛兒"的意思）。據說這是為了避開因過份期待所帶來的厄運，等到大一點兒再請德高望重的活佛、喇嘛或達巴取名，他們通常會根據孩子的出生時辰或生母的屬相來命名。

楊梅出生的時候正是梅子盛產時節，這也是名字"賓瑪其珠"的由來，翻譯成漢文便是"梅"，而"里格"的姓氏對照漢文是"楊"，所以她有了"楊梅"這個漢文名。

有意思的是入學後她才發現二十幾人的班級裏倒有六個楊梅，老師為了區分起見，一個個給標上數字，譬如楊梅一、楊梅二、楊梅三……等。她是第四個，理應叫楊梅四，但漢族老師很介意這個四（聽起來像普通話的"死"），所以喚她楊梅梅，這也是啟東之所以叫她"羊妹妹"的原因（音似），顯然"羊妹妹"要比"楊梅梅"可愛、俏皮多了。

“羊妹妹，今天我們挑戰Cloud 9如何？”啟東問。

Cloud 9是所有衝浪者最想征服的浪點。

“沒問題。”她很快地答。

楊梅_下

7

他們抵達Cloud 9時，空氣中已有很濃烈的海腥味及溼氣。

"怕是要下雨了，咱們還是改天再來吧！"啟東說。

"不，就今天，我不怕下雨。"

啟東知道楊梅的犟脾氣，一旦下定決心，十匹馬都拉不回。

"好，"他點了點她的鼻尖，那裏有顆痣，"我陪妳。"

楊梅和啟東都是衝浪老手，只要不是太惡劣的天氣，完全駕馭得了，但今天愣是不太順利，他倆多次掉入海裏。

"怎麼樣？還可以吧？！"啟東從水裏探出頭來問。

"嗯！沒問題。"

於是他們又重新站上衝浪板。

楊梅計劃等烏雲佔據1/3個天空時就打道回府，沒想到成功衝上幾個危險的浪點之後，烏雲已經壓頂了。

"得趕緊撤。"楊梅心想。

然而此時到處都見不到啟東的身影，她來來回回地尋找，直到大雨打得睜不開眼睛，同時體能也快耗盡，才不得不上岸。

"拜託，啟東一定要在岸上等我。"她祈禱著。

然而……奇蹟沒有發生。

楊梅 _8

8

啟東失蹤後，整個錫亞高的島民全加入搜索的隊伍裏，有的駕船尋找，有的邊衝浪邊尋找，還有的上網發佈尋人啟事。可惜幾天過去了，依舊無消無息。

楊梅和啟父算是其中最積極的，但也只堅持了半個月，畢竟一個人在大海上漂流十數天，就算沒冷死、餓死，也會渴死。

這個結果無疑百爪撓心，沒看到遺體，代表還有希望，偏偏希望又是那麼的渺然，幾乎等同無望。

"啟東，你到底在哪裏？"楊梅面對大海流淚，這已記不得是第幾回了。

楊梅-9

9

自從啟東人間蒸發後，他的父親瞬間老了十歲。楊梅雖然沒有一夜白頭，但整天茶不思、飯不想，人瘦到只剩80斤，像一具行走的骷髏。

她的母親看不下去，指著她的鼻子罵：〝就算妳餓死了，也改變不了什麼，倒不如做點兒實際的。〞

〝怎樣算實際？105天過去了，倘若人還活著，那才見鬼！〞楊梅賭氣地答。

〝妳看看啟東的父親，孩子音訊全無，俱樂部還不是照常開著？〞

楊梅承認自己沒有那麼堅強，話說回來，也許啟東的父親只是表面佯裝無事，背地卻暗自飲泣......

〝不管了，妳好好待在家裏，千萬別做傻事。〞話一說完，她母親匆匆出門。

打從楊梅不再當衝浪教練，家裏的經濟重擔就落在她母親身上。一個四十多歲的女人能幹啥？無非做些體力活，後來還真的讓她覓得清潔工的工作，也算暫時解除經濟危機，畢竟日常開銷不止餵飽肚皮而已，偶爾還有其他支出（譬如買個衛生巾什麼的）。

這樣"平靜"的日子度過數十天後，某天，楊梅的母親興沖沖地回來，遞給她一個空酒瓶。

"幹嘛給我這個？"楊梅問。

"妳看看瓶內有什麼？"

這是一個墨綠色的瓶子，猛一看，看不出什麼，經母親一提醒，楊梅睜大眼睛仔細瞧，好像還真有點兒什麼。於是她把瓶塞拔出來，再用細竹籤把裏面的東西勾出來，原來是一張紙條。

"這紙上也不知寫的什麼，妳哪裏撿來的？"楊梅問。

"我在海邊散步時撿到的，難道妳不好奇？"

"好奇什麼？"

"也許瓶中信是啟東寫的。"

聽到這個回答，楊梅眼前一亮，她再次將目光落在那張皺巴巴的紙上。沒錯，是漢文，但楊梅已經很久沒接觸漢文，根本看不懂。

"啟東家的華文招牌就是啟東寫的，代表他會寫漢字。"楊梅的母親補上一句。

啟東的父親是華僑第三代，他本人則是第四代，普通話雖然說得很溜，但沒聽說他會寫漢字。既然母親提起他家的華文招牌是啟東寫的，那麼姑且相信他會寫漢字，這讓"瓶中信是啟東寫的"的可信度大大提高了。

"可是……"

"我知道妳看不懂，我也看不懂。要不，我們拿著信去問中國遊客？"她的母親提議。

這倒是個好主意！島上有不少中國遊客，他們肯定看得懂！

於是這對母女坐在自家門口，等了一小會兒就等到一個拿著衝浪板的華人長相女生，楊梅立刻攔下她，問她能不能看懂紙上寫了什麼？

"上面寫著：我在黃江以東，浦江以北的地方等我的羊妹妹。"那女生看完後答。

聽到"羊妹妹"三個字，楊梅喜極而泣。

"妳怎麼了？"拿衝浪板的女生問。

"沒什麼。"楊梅抹去淚水，"對了，黃江以東，浦江以北在哪裏？"

"如果這兩條江指的是中國境內河流，它就在……"

謝過女生後，楊梅陷入沉思，她沒去過里格半島以外的中國，況且該區域也太大了，這要從何找起？

與楊梅的擔憂不同，她的母親顯得異常樂觀。

"太好了，依汝，只要攢夠路費，妳就能上路了。"

"這得攢多少才夠？"楊梅問。

"起碼一百萬比索。"

一百萬比索可以在錫亞高的偏遠地區買下一個家庭旅館當老闆了。

雖然數額有點兒高，但也不是完全不可能。楊梅打算從今天起就努力賺錢，然後到黃江以東，浦江以北的地方找啟東。

楊梅 _10

10

楊梅本想重拾老本行，礙於無法面對啟東的父親（怕喚起內心的愧疚感），只能到別的俱樂部找工作，這才發現當初啟東有多照顧自己，不僅時常把學員帶給她，連時薪也比別家高。

"既然時薪這麼差，倒不如給度假村當清潔工，薪水是不多，但很穩定，而且客人通常會在房間內留下小費。" 她的母親建議。

楊梅考慮了一下，覺得不無道理，於是請母親問問度假村還需不需要人？

"不用問了，明天下午2:55時我會辭職，妳三點整到大堂找經理，這不就頂上了？"

"妳......妳不做了？"

"這幾個月的打工生涯簡直累死我了，說什麼我都不願再幹。"

就這樣，不輕言打工的母親退下，換上一心想攢錢的女兒，這一做就是半年，直到那個可怕的星期天午後……

“ Excuse me. #$@&*……” 一個男人對楊梅喊。

楊梅會一點兒英語，但這個男人的腔調很奇怪，除了“Excuse me”聽懂了之外，其他都很模糊。

那男人後來比了個喝水的動作，楊梅立刻秒懂，應該是要水喝。

“ 奇怪！我明明擺了兩瓶飲用水在房內。”楊梅邊懷疑邊從清潔車上取了兩瓶水。

那位客人沒有接，而是再次使用肢體語言，要她進到房間內放好。

楊梅走了進去，發現裏面坐著另一名男性，眼神挺不正經的。她把水放下後，想出去已太遲，一個堵在房門口，另一個堵在陽臺，她哪裏也去不了。

情急之下，她拿起水果籃旁邊的小刀揮舞。

那兩個男人隨即大笑起來，大概料準眼前的女人只是在做垂死前的掙扎。偏偏楊梅不按常理出牌，她割破自己的手腕動脈，血噴得到處都是。

兩個渣男嚇壞了，本想玩玩而已，現在玩出人命，可怎麼辦？

猶豫了幾秒鐘，他們不約而同地奪門而出，連行李也顧不上。

人走後，楊梅很鎮定地到浴室取毛巾綁住手臂止血，做完這個動作才撥打電話。等了約莫半個鐘頭，救護車才到，楊梅因此擔心自己的手臂會不會癈了？

警方後來在機場逮捕那兩個惡人，度假村也支付了醫藥費，但楊梅從此陷入抑鬱狀態，做什麼都提不起勁，遑論工作。

“不是為了錢，出去見見人，心情也會快活些。”她的母親說。

“我現在哪裏都不想去，就想待在家裏。”

“難道妳不找啟東了？”

“也許瓶中信不是他寫的，就算是，我的存款連單程機票都買不起，怎麼找？”楊梅嘆了口氣，“真想死了算了。”

楊梅想死不是說說而已，她開始絕食，每天只喝少量的水。

她的母親看在眼裏，急在心裏，但也知道自己女兒的犟脾氣，若硬把食物倒進她嘴裏，下場會很嚴重。

幾天後，她母親拿來一個空酒瓶，說是鄰居孩子在河流裏發現的。楊梅把裏面的信取出來，同樣的字跡、同樣的內容。

次日，她母親又拿來一個空酒瓶，說是賣烤魚的大叔在碼頭附近撿到的。楊梅把裏面的信取出來，還是同樣的字跡、同樣的內容。

“太奇怪了！怎麼那麼多瓶中信？”楊梅喃喃道。

“也沒有很多呀！3個而已。”她母親咳嗽兩聲，“這代表啟東還在黃江以東，浦江以北的地方等妳。”

“妳怎麼那麼篤定信是他寫的？”

“因……因為只有他喚妳羊妹妹，不是嗎？”她母親乾笑兩聲，“如果妳擔心路費，放心，我已經要求度假村支付精神損失費，用來買下一張單程機票綽綽有餘。至於其他花銷……我會教妳編織手繩，城市女孩應該會喜歡這玩意兒，餓不死妳的。”

就這樣，楊梅帶著簡單的行囊和手藝，踏上了尋人之路……

梧桐路上的楊梅……

楊梅已經在梧桐路上徘徊了很久，布包裏的編織手繩一個也沒賣掉。她又飢又渴，心想再試一家，倘若還是沒成交，她就回招待所啃大餅，因為這條路上的東西貴得嚇人，一瓶水能賣到3元。

進咖啡館之前，她並不知道這是一家什麼樣的店，因為大門緊閉，窗戶也被絳紅色的窗簾給遮擋住，從外面看不見裏面。雖然有門頭招牌，但對楊梅來說形同虛設，因為她只讀到小四，後來又到海外住了很長一段時間，漢文已經認不出幾個，遑論店門口的人字板，上面的字猶如天書。

由於已經在這條路上來來回回走了好幾遍，唯獨這家沒進去過，懷著碰碰運氣的心理，她伸手去轉那個古銅色的圓形把手，"扣"的一聲，門開了。

"歡迎光臨！"一個慈眉善目的大媽笑咪咪地對她說。

第一眼望過去，楊梅以為自己來到"萬聖節用品專賣店"，因為大媽打扮得像個印第安女人。瞧！身上穿著鹿皮製的衣服，腰間繫著細繩腰帶，雙腳綁著腿套，頭上還戴著羽毛冠。

"妳好，我……"

"不急，妳先看看店裏的東西，有事叫我哈！"

大媽說完，轉身進入櫃檯後的房間內。

楊梅把花布包往店內唯一的一張圓桌上一擱，然後四處張望。

沒進店之前，她以為裏面會很陰暗，實際卻不然，有幾個柳編的燈籠掛件式燭臺從屋樑上垂掛下來，把不到五十平米的小店照得通透明亮，連地上的冰裂紋小花磚也看得一清二楚。

再看店內裝修與擺飾，孔雀綠的牆紙和絳紅色的窗簾很搭，全然沒有"紅配綠，賽狗屁"所帶來的衝突，反而給予人一種厚重的詭祕感；抬頭一看，凹凸不平的水泥天花板下方有數根深褐色橫木，剛好能掛上燭臺；回到入口處，進門右手邊有個很簡約的櫃檯，它的作用像是隔開店主和客人，因為檯面上什麼東西都沒有，不過旁邊倒是立了一個鳥架，上面站著一隻羽毛黑到發亮的鳥標本；反觀左手邊就精彩了，彷彿置身叢林當中，初看挺雜亂無章的，但仔細觀察過後卻是亂中有序，譬如小件物品（像是風乾的小型動物屍體、仙人掌、玩偶人像、護身符、水晶石、蛇皮、大象尾巴、貓頭鷹的羽毛和各式各樣的試管藥水……等）會放在以絨布為底的置物架上，大型物件如非洲鼓或動物頭骨等則擺放在地上或角落。神奇的是在這麼多的雜物當中還能擠出一個位置用來擺放桌椅，真是讓人歎為觀止。

"那些東西全是裝飾品，沒什麼作用。"

聽到聲音，楊梅轉過頭去，看到的是一位又瘦又高的年輕人，穿著黑襯衫、黑長褲，五官很立體，有稜有角，像是造物者用力過猛所致。

"作用？它們應該有作用嗎？"楊梅問。

"施過法術的才會有作用，妳目前看到的只是道具，買回去也沒用。"

這個回答提醒楊梅——她不是上門購物的顧客，而是小販。

“我有數十件漂亮的手繩，全是我編的，便宜賣給你。”
她說。

“不急，妳稍坐一下，我泡杯熱的給妳喝。”

年輕人說完，轉身進入櫃檯後的房間內。

楊梅在掉了皮的皮椅上坐下，正對著的是一個象腿造型的圓桌，這樣的組合有些怪異，但放在一家古怪的店裏卻不顯突兀，這本身就很離奇，不是嗎？

沒多久，方才的小哥出現了（她以為再出來時會換成大媽，所以有點兒小失望）。

“這杯是特別為妳調製的。”年輕人說完，把杯子遞給她，楊梅這才注意到他的右手食指上戴著一個骷髏頭造型的指環。

“你的指環很特別。”楊梅答完，端起杯子一飲而盡。

“我以為妳至少會留下半杯，這咖啡挺苦的。”年輕人坐下，撿起帶把手的錘紋杯查看，“還好留下一茶匙的量。”

咖啡是苦，但對於口渴的人來說，完全可以忽略不計。

“謝謝你的苦咖啡，我們現在可以談正事了嗎？”楊梅問。

她所謂的正事便是把花布包裹的手繩全數賣給店家，再不濟，能賣掉幾個是幾個。

“當然可以，”年輕人放下杯子，“妳在找人，如果把妳的故事說出來，或許我能幫上忙。”

“你……你怎麼知道我在找人？”

“妳喝過的咖啡告訴我的。”

楊梅不知道該不該相信這個初次見面的人，但她急於找啟東，哪怕只有一點點兒的可能性，她也絕不放過。

“是不是講得越詳細越好？”她又問。

“當然。”

於是在一個氛圍相當詭異且神祕的空間裏，楊梅開始說起她的故事……

"啟東？這就是失蹤人的名字？"年輕人問。

"是的，他是島上唯一一家華人衝浪俱樂部的少東，也是我的……好朋友。"楊梅答。

年輕人轉動一下錘紋杯，邊看著杯底的咖啡邊問："那麼誰是羊妹妹？"

楊梅感到震驚，這麼隱祕的事，他怎麼會知道？

"羊妹妹就是我，這解釋起來有點兒繞，你想聽嗎？"

年輕人點頭，於是楊梅開始述說……

話甫歇，年輕人問："我看到一個滿臉痘痘的男人，莫非他就是啟東？"

"不，他是我的學員，若不是因為他，我也不會硬拉著啟東在壞天氣裏衝浪，導致悲劇發生。"

說完，楊梅的記憶一下子回到兩年前那個烏雲籠罩的午後……

"奇蹟沒有發生，對吧？！"年輕人忽然問。

"沒有。"楊梅答完才意識到對面的男人好像有讀心術，莫非剛才走馬燈似的回憶全進到他的腦海裏？

"妳似乎有問題要問。"年輕人又問。

楊梅有太多的問題想問，她決定先從最重要的事情問起。

"他……還活著嗎？"楊梅膽戰心驚地問。

年輕人又看了一眼杯底的咖啡，答："還活著。"

聽到這個回答，楊梅幾乎要喜極而泣，不過一盆冷水馬上潑下來，因為啟東失憶了。

"失憶？"楊梅揚起聲，"不可能，我還收到瓶中信。"

自從啟東失蹤後，楊梅茶不思、飯不想，人瘦到只剩80斤，若不是有人撿到瓶中信，她恐怕已經一命嗚呼了。

年輕人問她信上都寫了些什麼？

"上面寫著：我在黃江以東，浦江以北的地方等我的羊妹妹。"楊梅停頓了一下，"其實紙上的中文字是島上中國遊客給唸的，我認得的字不多。"

"這也是妳在此處的原因？"

"是的。黃江以東，浦江以北的區域很大，我只能慢慢找起。實話告訴你，為了找啟東，我已經流浪五十多天了。"

年輕人沉默一會兒後，問："瓶中信不止一封，妳對此從來沒懷疑過嗎？"

現在的楊梅已經對年輕人的"未卜先知"習以為常，所以沒多嘴問他是怎麼知道瓶中信不止一封？

"我是懷疑過，尤其紙條上的字跡和內容都一樣，但世上叫'羊妹妹'的人並不多，何況我也沒別的線索，只能選擇相信。"

此時，鳥架上的黑鳥突然發出"嘎"的一聲，嚇了楊梅一大跳，她以為那是個鳥標本。

年輕人解釋這隻活生生的黑渡鴉是他的助理，名字叫颯耶，不是標本。

話一落音，叫颯耶的鳥忽然張開翅膀在室內盤旋。幾個來回之後，它從雜物堆裏挑中一個黃色水晶，把它叼到圓桌上。

"謝謝你，颯耶。"年輕人對它說。

然後鳥兒飛回到鳥架上，再次一動也不動。

接下來年輕人聚精會神地凝視著黃水晶，像要將它看穿了似。

“請問……”

“噓～別打擾我工作。”

於是楊梅閉上嘴巴。

“嗡吧匝拉……恐薩滿壓……西地美哉雲雷依……嗡吧匝拉……恐薩滿壓……西地美哉雲雷依……”年輕人將雙手置於黃水晶上方，同時反覆吟唱著。

過了好一會兒，年輕人才停止這個怪異的舉動，然後以篤定的語氣說：“妳要找的人現在在米蘭，離此地有九千多公里。”

“米蘭？”楊梅露出迷惑的表情，“難道瓶中信不是啟東扔的？”

“失憶的人應該不會做出那樣的事來，不過關心妳的人就難說了。”

楊梅頓時茅塞頓開，難怪紙條上的中國字寫得歪七扭八的，真難為沒上過學的母親。

她緊接著問啟東的具體位置，同時也納悶為什麼一個失憶的人會漂洋過海到那裏去？

“是一個女人帶他去的，至於其他……妳得自己去尋找答案，我只能幫妳幫到這裏。”年輕人說。

雖然沒進一步得到想要的信息，但這些已經足夠。

“真是太感謝了！”楊梅站起身來，“我這就到米蘭找啟東。”

“妳不會賣了那顆黑珍珠當路費吧？！”年輕人問。

楊梅曾撿到一個海蚌，裏面有一顆完美無瑕的黑珍珠，她一直帶在身邊。

“恐怕是的，不過我一點兒也不心疼，因為啟東對我來說太重要了。”她答。

楊梅離開後，年輕人把她遺留下來的花布包打開，裏面起碼有近一百條手繩，個個精美。

這些漂亮的手工製品隨後被年輕人放進置物架上的青銅大盤內。做完這個動作，他轉身回到櫃檯後的房間內。

第二位客人：
葉橙橙

葉橙橙－1

I

今天是Pauline大喜的日子，她和一個禿了頂的摩納哥男人結婚。橙橙不知該哭還是該笑，最後還是決定當一名心智成熟的女人，微笑著送上自己的祝福。

"橙橙，妳繼父是個好人，他幫妳找到賭場發牌員的工作。"Pauline對女兒說。

摩納哥是世界第二小的國家（僅大於梵蒂岡），經濟上主要依賴博彩、旅遊、商業和金融業。由於免徵稅收的政策，吸引了大批的有錢人，推高了房價，加上全球排名第一的個人年均收入，使它成為世界上沒有窮人的地方（別誤會，摩納哥當然也有低收入者，但大多由外來的法國人和意大利人所承包，等於摩納哥的"窮"被這兩個國家給接收了）。

橙橙的繼父所介紹的工作，月工資能有六千多歐元，看似不壞，但在個人年均收入達到十五萬歐元的國家裏，六千多的月工資無疑是難堪的，何況她的夢想不是發牌。

“媽，替我謝謝Bruce，我喜歡目前的工作，沒有換工作的打算。”

橙橙在法國尼斯的農業信貸銀行擔任櫃員的工作，朝十晚五，週末及節假日休息。雖然賺的沒有摩納哥的賭場發牌員多，但這裏的消費和房租都不高，每個月還能存下一些錢，所以沒必要做天翻地覆的改變。

“也好，那麼哪天妳來看看我和Bruce，我們的家在山上，看得到海景。”Pauline說。

熟悉摩納哥的人都知道這個國家三面環山，一面靠海，所以“家在山上，看得到海景”是標配，沒什麼大不了的，何況Bruce只是個碼頭管理員，不屬於高收入人群，橙橙對這個“家”不能有太大的期待。

“好，哪天有空的話。”橙橙答。

葉橙橙－2

2

橙橙不愛談過去事，那是因為苦多於甜，一個從小就父不詳的孩子能有多快樂？她若問起親生父親，母親的答案從來沒變過。

"他姓葉，葉子的葉，喜歡橙色，這也是妳名字的由來。"她說。

因為這個與父親相關的名字，橙橙喜歡上所有橙色的東西，連食物也挑橙色的吃（好比南瓜、芒果、胡蘿蔔、紅薯等），她甚至還一度擁有一隻橘貓……似乎通過這些，她能與那個賜予她生命的男人更靠近一些，即使他的影像在她的腦海裏已經模糊得不能再模糊。

談起橙橙的母親Pauline，她是所謂的戀愛腦兼"渣男收割機"，尤其還不懂得做防護措施，以致頻繁打胎。在橙橙之前不知有多少個哥哥姐姐無緣出生，也不知是幸還是不幸，當橙橙被發現時已經五個月大，醫生說打胎很危險，加上那時Pauline已經三十好幾，再不生很可能就要當高齡產婦，這才勉為其難地保住這個孩子。不過Pauline還算是合格的母親，至少沒讓女兒挨餓受凍過，只是她更換男人的頻率過高，讓橙橙很心煩，還好高中起住校，能來個"眼不見為淨"，後來留學法國更是"天高皇帝遠"。萬萬沒想到這樣平靜的生活才過上沒幾年，Pauline又扔來重磅炸彈，讓橙橙有了名義上的父親，他們的"婚房"甚至離橙橙的居住地不到一個小時的車程。

就這樣，這對母女又被命運這條神祕的繩索給拴在一起。

葉橙橙 _3

3

Pauline的婚禮很簡單，就是到民政部門登記一下，然後找家餐廳吃個飯便算完事。

"媽，儀式還是要有，否則回憶起來很蒼白。" 橙橙曾對母親說。

"哎！Bruce不喜歡熱鬧。再說了，這個年紀圖的是找個伴兒，那些繁文縟節，能省則省吧！" Pauline辯解著。

橙橙也注意到新郎倌是個很木訥的人，不過她猜母親之所以妥協是因為花費過大。在摩納哥舉辦一場像樣的婚禮可以買下一輛奧迪A8L，與其打腫臉充胖子，倒不如把錢花在刀口上，譬如到鄰近相對便宜的國家度蜜月或租一個更大的住所（據橙橙所知，他們的"婚房"很迷你，一個人住還算寬敞，兩個人住就稍嫌擁擠了些）。

見證完母親的婚禮後，橙橙坐火車回到尼斯，繼續過她那歲月靜好的小日子。

尼斯的年輕人多半租住在公寓，橙橙不一樣，租的是鄉間小屋，位置偏了點兒，好處是不用擔心鄰居會聯名抗議她的琴聲打擾到他們的日常作息。這點很重要，因為她很喜歡彈鋼琴，每當徜徉在音樂的國度裏，她才感覺自己不孤獨，忽略現實生活中的她過得不甚如意，上一個男朋友還是大二時交的，現在的她已經單了有三年之久。

葉橙橙－4

4

幾個月之後的某天，Pauline打來電話，告訴女兒賭場發牌員的工作挺輕鬆愉快，賭贏的人經常會給小費，她的理想是調到包間替VIP客人服務，那裏的小費更多。

原來被橙橙拒絕的發牌員工作後來讓她的母親給頂替上了。

"Bruce怎麼說？"橙橙問。

"他說挺好的，兩份收入能提高生活的質量。再告訴妳，我們打算聖誕假期到西班牙度假，Bruce說那裏的物價低，我們可以豪擲千金。"

"你們還是用翻譯軟件交談嗎？"

"一半一半，大概再過個兩、三年我便可以自力更生了。"

這個回答讓橙橙很忐忑，Bruce是她母親眾多男友中顏質最低的，莫非Pauline想騎驢找馬？

Pauline哈哈大笑，回答那也不無可能，愛情一旦味同嚼蠟，就沒必要再繼續。

"那幹嘛結婚？單著豈不是更好？"橙橙問。

"不結婚怎麼長期留在摩納哥？還有，我的歲數不小，英語和法語也不行，人家幹嘛僱用我？無非看在我是當地人配偶的份上。實話說，這個國家還挺照顧自己人，平白得到了許多社會福利，如果早兩年嫁過來，我就多生幾個，不僅教育費和奶粉錢全免，還有生育獎勵呢！"

自己的母親突然變得如此"務實"，倒讓橙橙感覺陌生。印象中Pauline是個"今朝有酒今朝醉"的人，如果不是如此，橙橙也不致於那麼缺乏安全感，那些趕在最後一刻才交上房租或學費的夢魘，她再也不想經歷。

"隨便妳，妳覺得幸福就好。"橙橙說。

"當然幸福囉！在我的調教下，Bruce不僅每天送我花，還包辦所有的家務。"

橙橙感到悲哀，繼父還沒察覺到枕邊人喜歡刺激和小驚喜，一旦後繼無力，他極可能重回王老五的隊伍裏。

"我希望Bruce也感覺幸福，並且一直幸福下去。"橙橙喃喃道。

葉橙橙-5

5

下午五點，銀行關上大門對賬，無非點錢、打印流水、整理現金庫存、勾流水、清保險櫃、送箱上運鈔車……等，最後再清理桌面便大功告成。此時，基本已經六、七點鐘，還趕得上購買超市的打折麵包。

也就是說今天和別的日子比起來沒有什麼不同。

直到走出銀行，橙橙才發現今天還是有不一樣的地方，好比同事們正討論著下禮拜的培訓，而她沒有收到通知。

"不會的，妳已經通過試用期，雖然上司有點兒瞧不起亞洲人，但不致於裁了妳。如果裁掉妳，那些法語不流利的中國人找誰開戶去？"橙橙安慰自己。

然而她還是太高估自己的不可替代性，那個黑人上司（天哪！他也是有色人種，憑什麼瞧不起黃種人？）隔天找橙橙喝咖啡，兜了一圈後表示失去她很可惜，希望以後還有共事的機會。

這算什麼？捅人一刀再摸摸頭？橙橙可不是三歲小孩，她立刻反擊。

那名老黑知道自己無意間幫助橙橙下了跳槽的決定後，問她那是一份什麼樣的工作？

橙橙答在對沖基金裏擔任高級助理一職，月薪一萬二，公司還提供面海公寓一套。

一萬二歐元的月薪是銀行經理撐死了也無法企及的高度。

老黑的臉更黑了，幾度欲言又止，最後還是祝福橙橙前程似錦。

葉橙橙 _6

6

沒了工作，橙橙像個遊魂似的，如果不是有琴聲相伴，她大概早跳河了。

河雖然沒跳成，但房東的幾次催繳電話還是讓她抓狂。迫不得已，她將生活用度降到最低，一天只吃一頓，可惜依然救不了自己，她不得不賣掉心愛的鋼琴以解燃眉之急，但杯水車薪，結局依舊是悲劇收場。

話說橙橙不是沒找過工作，那些"再怎麼也能上餐廳端盤子"的言論是站著說話不腰疼。餐廳向來優先僱用有經驗者，往往廣告一貼出來，立馬有人頂上，一個沒經驗的外國人想勝出，談何容易？

葉橙橙－7

7

Pauline的婚房在山上，有海景，只是這海景像油畫一般大小，因為前方被一棟高層給遮擋住。

"橙橙，妳暫時在客廳睡下，等賭場一有消息再搬出去住。"Pauline對橙橙說。

這段話的解讀是：

1、這屋小，沒有多餘的房間。

2、**Pauline**認定橙橙找不到賭場以外的工作。

3、別想啃老。

. . .

橙橙在洋人世界裏翻滾了幾年，知道他們有一說一、界限分明的思維，但她以為自己的母親不一樣，至少會敞開雙手擁抱她這個落難女兒……

哎！這大概是橙橙成年以來少有的天真吧？！

"行，現在是工作挑我，不是我挑工作，一旦找到工作，我立馬搬出去，因為我也想蓬頭垢面地在自己的生活空間裏到處走動。"橙橙答。

Bruce不明白這對母女在談論什麼，對橙橙的突然到訪也一頭霧水，但他沒有表現出不悅，反而提議明天帶橙橙參觀碼頭，那裏停泊了世界上最豪華且昂貴的遊艇。

橙橙告訴繼父，遊艇可以晚點兒看，現在她擔心自己的法國長居簽證能在摩納哥待多久？還有，能不能工作？

Bruce答有法國長居簽證就一切ok了，不然那些繁重的碼頭工作該找誰做？

這個回答怪怪的，但意思橙橙懂。既然解決了棘手問題，她當下便答應明天之約。

母親知道橙橙要去看遊艇（橙橙給翻譯的，因為Pauline的法語連幼兒園的程度都達不到），立馬表示自己明天得上班，去不了。

"沒關係，有Bruce在，不會有任何問題。"橙橙答。

Pauline沉默了一會兒後，要橙橙看完遊艇去賭場找她，同時強調千萬別一個人闖入，因為賭場門票要價10歐元，她帶人進去不花錢。

"好的。"橙橙答。

葉橙橙_8

8

橙橙的繼父是個好人，對她和顏悅色，不僅告訴她很多有關碼頭的知識，還幫她拍照，背景是那一艘艘造價不菲的遊艇。

看完"別人家的東西"，Bruce提議一起吃中飯，橙橙遂告訴他——母親約她在賭場見面。Bruce隨即流露出失望的表情，於是橙橙約他明天再一起吃飯，她請客！

橙橙的想法很簡單，她是來"蹭睡"的客人，先"巴結"一下屋主，有利無害。

Bruce聽完很開心地表示明天他會穿正裝。

對比目前他穿的"工作服"，橙橙猜想開玩笑的成份居多，於是回覆明天她會穿迷你短裙。

9

沒想到全球最奢華的賭場，外觀竟然如此典雅，如果不是看到Casino的招牌，橙橙會以為自己來到了歌劇院。

按照之前的約定，橙橙給母親發短信。不到十分鐘，Pauline出現了，長袖白襯衫加黑馬甲，看起來很有賭場工作人員的派頭。

"吃飯了沒？"Pauline問女兒。

"沒。"

"賭場內的東西貴，我先帶妳參觀一下再出去吃。"

"好。"

這個賭場光看外表絕對猜不到裏面會這麼富麗堂皇。瞧！鑽石水晶燈、華麗地毯、精緻浮雕、大型油畫、看起來造價不菲的實木桌椅和吧檯......等，難怪全世界的富豪們都不約而同地相聚在此一擲千金。

“想不想在這裏工作？”Pauline帶著炫耀且篤定的口吻問。

橙橙其實不想，這裏有紙醉金迷的腐敗氣息（那是“多金”的另一種說法），但為了討好母親，她給予肯定的答覆。

“想就好，如果沒本事吊金龜婿，就得先伏低，等待機會再出擊。”Pauline說。

葉橙橙－10

10

橙橙以為非常時期母親會節約一點兒，沒想到吃飯的地方宛如宮殿，現場還有鋼琴演奏。

"媽，妳應該把制服脫了，這種地方很講究穿著。"橙橙壓低聲音說。

"如果脫掉制服還得給證明，麻煩死了！"

後來橙橙才知道摩納哥政府規定每家餐廳都要提供平價的工作日午市套餐給上班族食用，人均消費控制在15-20歐元左右。

這個價格也太親民了！

這對母女邊吃著法國南部菜餚邊閒聊，很快橙橙便發現話題圍著她的工作打轉。

"賭場目前不缺人，如果真沒有，掃大街的工作也可以做，反正只是暫時的。"Pauline說。

"是可以做，但收入恐怕租不起房。"

"也對，這可怎麼辦？"

此時電影《天堂電影院》的鋼琴主題曲傳來，恬淡中帶點兒憂傷……

"其實她彈得沒有妳好。" Pauline說。

"妳總算給出公正的評價。"

"也許妳可以試試。"

橙橙問試什麼？Pauline答彈琴呀！

"可是……"

"沒什麼可是，待會兒買完單就問問，問又不會少塊肉。"

結果這一問還真問出了名堂，餐廳經理說晚班的鋼琴手下個月不來了，如果橙橙測試通過，即刻頂上。

"太好了，橙橙。這頓飯沒白吃，看來妳很快就能搬出去住了。" Pauline高興地說。

葉橙橙－11

11

隔天橙橙如約來到碼頭，Bruce竟然真的換上正兒八經的西裝，還打上阿瑪尼的領帶。

橙橙讚美他的服裝，他則問迷你短裙在哪裏？橙橙一笑而過。

在餐廳裏，繼父的表現與自己的母親不同，他跳過那些平價的午市套餐，直接點貴的吃。

橙橙大呼不妙，尤其他還要了一札的現榨果汁（高級餐廳的純果汁不便宜，價格甚至高過主菜）。

席間，Bruce一改木訥的性格，侃侃而談，但多半是冷笑話或尷聊，害橙橙的胃隱隱作痛。

"Ca va?" 他問。

橙橙答沒什麼，胃不好，老毛病了。

Bruce接著問橙橙有沒有男友？當得知她的上一任男友是三年多以前的事，他說這就是癥結所在，因為橙橙還在想念男友，所以疾病纏身。

橙橙迷糊了，問這是什麼意思？

Bruce答沒什麼，一時興起開的玩笑，別當真，接著招手要來賬單。

橙橙說她請，Bruce 要她幫幫忙，別讓他下不了臺。

Bruce贏了，主因是橙橙的銀行卡裏只有五百歐元，付完這一餐大概只剩零頭，她總不能開口向母親借錢吧？！

由於Bruce下午還要上班，道別前他問橙橙今日有何計劃？

橙橙答和一家法式餐廳約了見面，經理讓她下午三點到四點彈琴給他聽。如果通過了，下個月開始上班，工作時間是晚上八點到十點的黃金時段。

Bruce問她十點過後呢？

橙橙表示十點過後當然回家囉！這有疑問嗎？

Bruce聽完笑了笑，然後揮手跟她說：" Au revoir."

葉橙橙－12

12

餐廳經理要橙橙想彈什麼就彈什麼。

她的目光橫掃了一下，此時餐廳內只有兩桌客人，一桌貌似情侶，另一桌是個戴眼鏡的老先生，從氣質看，像個教授。

這個發現給了橙橙靈感，她選擇彈浪漫曲和古典樂曲，讓不同的曲風交叉出現。

當她彈完巴赫的《G弦上的詠歎調》時，服務員遞過來一張小紙條，上面寫著李斯特的《瑪麗圓舞曲》。

這是一首偏冷門的曲子，橙橙已經很久沒彈，加上帶來應急的琴譜裏沒有這一首，她緊張得兩腿打顫。

還好靈光一閃讓她有了主意，在該紙條上寫下今天沒準備這首曲子，很是抱歉，為了彌補遺憾，她將獻上李斯特的另一首圓舞曲——《魔鬼圓舞曲》，歡迎客人明天同一時間再度光臨，她會奉上對方想聽的《瑪麗圓舞曲》。

當《魔鬼圓舞曲》的最後一個琴鍵按下時，橙橙聽到來自餐廳經理的熱烈掌聲，她知道她已經得到這份工作。

葉橙橙 _13

13

回到山上的小公寓，Bruce正在廚房忙碌。

橙橙問Pauline呢？Bruce答還沒下班，太好了，不是嗎？

太好了？這是什麼意思？

等橙橙換上家居服，Pauline回來了，帶著一臉怒氣。

"怎麼了？"橙橙問。

"今天的客人普遍小氣，我總共只得了不到五十歐元的小費。"Pauline答。

"不錯了，今天Bruce只給餐廳服務員5歐元的小費。"

"餐廳？Bruce？妳跟他吃飯去了？"Pauline問，眼露凶光。

Bruce聽到自己的名字，再看到風雨欲來之勢，趕緊聲明自己中午跟同事吃飯去，給了5歐元的小費......

Pauline的法語不好，聽得一愣一愣的，橙橙只好充當翻譯。

聽完翻譯，Pauline緊張的表情卸下，接著向女兒解釋：" 吃飯和賭博的性質不同，Bruce經常去的餐廳，給5歐元還嫌多；我不一樣，工作地點是高級場所，給那樣的小費簡直丟人！"

橙橙安慰她也不是每個客人都小氣，她不也曾一次得到兩百多的記錄？

聽到這個，Pauline笑顏逐開地重提往事，連客人當天所穿的衣服都描述得歷歷在目。

趁母親在興頭上，橙橙不介意喜上加喜，分別用普通話和法語宣佈喜訊。

Bruce聽說橙橙找到工作，高興地過來給她一個擁抱，倒是Pauline比較謹慎，她問餐廳準備給多少？

橙橙答一個小時五十歐元，一個晚上就有一百，有時客人還會給小費。

" 這擺明了欺負人，培養一個鋼琴家多不容易，起碼時薪得匹配得上才行。"

橙橙告訴她，自己不是鋼琴家，頂多只能算是音樂愛好者，這樣的薪水已經很令人滿意。

" 滿意？就算天天上班、天天有客人打賞，妳租得起房嗎？"Pauline問。

這倒是實話。

Pauline接著說既然這樣，若有掃大街的工作不妨拿下，兩份收入應該能租下一個還不算太壞的房間。

" 房間？我才不想跟人合租。"橙橙說。

" 妳現在不也是合租狀態？再說了，夜晚Bruce進進出出的，多不方便。"

橙橙被當頭一棒，沒料到母親竟然連她也防著。

Bruce再度聽到自己的名字如臨大敵，重申中午和同事吃飯一事。

橙橙受夠了謊言和母親的疑神疑鬼，沒做翻譯工作便甩門而出。

葉橙橙－14

14

橙橙在摩納哥街頭爬上爬下的，好不辛苦，誰讓這個國家的地勢不平坦，不是階梯就是坡道，害她氣喘吁吁的。

不過"運動"過後也有好處，出汗幫橙橙排解了心中鬱悶，她不再鑽牛角尖，並且試圖去理解母親。

"這是她的頭婚，她當然想維繫，何況我已成年，和Bruce又沒有血緣關係，她考慮得比較多也是人之常情。"橙橙心想。

"嘟……嘟嘟……"是Pauline的來電，她問橙橙在哪裏？

橙橙答在聖馬丁花園的入口處。

"妳待在那裏別動，我和Bruce這就過去接妳。"Pauline說。

掛上手機，橙橙感到欣慰，母親還是在乎她的，不是嗎？

葉橙橙 _15

15

得了新工作，橙橙的日子總算開始出現轉機（即使她仍無法在租金昂貴的摩納哥租下一個一居室）。

今天橙橙原本應該搭公交車從The Port到Casino，結果到了Place d'Armes才發現坐反了，再回頭已晚。當看到餐廳經理的臭臉時，橙橙二話不說，趕緊坐下來彈琴，連休息時間也不休息，才把經理的怒火給壓下去，不過結束時仍被扣了錢。這要攔國內，恐怕會被視為不近人情，橙橙因待在國外數年，早熟悉他們的腦路，所以不是那麼難以接受。

回到山上公寓時已過了夜裏11點，Pauline邊做針線活邊問女兒怎麼今天回來晚了？橙橙答坐錯公交車，抵達餐廳時已遲到，所以把演奏的時間往後延。

"噢！"她的母親心不在焉地答。

"Bruce呢？"橙橙問。

"他跟朋友喝酒去了，到現在還沒回家。"

談到Bruce，橙橙把目光投向茶几上的寬口瓶，小黃菊依舊嬌豔欲滴。

橙橙的母親曾說過Bruce每天送她花及包辦所有的家務，這是真的。房子雖小，橙橙總能看到茶几上的寬口瓶裏插著幾朵小黃菊，屋內也保持一塵不染（以Pauline懶散的個性，萬萬不可能做到），只是Bruce送的花千篇一律，看久了不免乏味。

"媽，妳喜歡小黃菊？"橙橙又問。

"一般，不過Bruce喜歡，他總送這個。"

如果不是今天坐錯車，橙橙不會發現沿路的某個路段開滿了這種小黃花（也難怪，花店賣的花都挺昂貴的，天天購買無疑超過一個碼頭管理員的支付能力）。不過省錢不是重點，重點是繼父願意為母親玩浪漫，也算有心。

"媽，Bruce待妳不錯，妳可要珍惜呀！"橙橙說。

"我待他也不差，妳看，他襯衫上的扣子一鬆，我立刻縫上。"

在橙橙的印象中，Pauline很少做針線活，扣子若掉了，只要不太丟臉，一律無視，等等，這不像她媽的作風，莫非……

"妳是不是做錯什麼事了？"橙橙問。

"哪……哪有？我……我只是小賭了一下。"

聽完，橙橙五雷轟頂，問欠下多少？她的母親比了個2。

"兩千歐元？"

"兩萬。"

兩萬歐元相當於十五萬元人民幣。

"我不相信賭場會讓妳預支籌碼，還有，我以為本國人不准進入賭場賭博。"橙橙說。

Pauline答賭場有洗碼人可以預支籌碼，這非難事，另外，她正處於申請護照階段，嚴格來說，還不算摩納哥人。

"Pauline，"橙橙直喊母親的洋名，感覺很絕望，"妳要怎麼還？"

"妳說Bruce會不會幫我還？"

摩納哥人的月均收入約九萬元人民幣，就算收入不扯後腿，Bruce 也要不吃不喝一個半月才能還清（何況橙橙的繼父很捨得吃喝）。

"我不管，這是你倆的事。"橙橙趕緊劃清界線。

"妳不能不管，我的法語和英語皆不行，萬一Bruce生起氣來怎麼辦？"

母親的邏輯讓橙橙很無語，Bruce若生氣也是因為賭博這件事，而非語言不通。

"媽，我看妳今晚還是別提了，省得鄰居叫警察，明天一早再說吧！"

正因為這個善心的提議，橙橙莫名其妙地把燙手山芋接了過去，到現在還大惑不解。

葉橙橙 _16

次日一早，橙橙的母親喊她："橙橙，醒一醒，Bruce 快出門了。"

橙橙翻個身，嘟囔著："出門就出門，別吵我。"

Pauline答不行，她需要人翻譯。

橙橙邊揉惺忪的睡眼邊從不太舒服的沙發上坐起，問："翻譯什麼？"

"就是還賭債那件事。"

Pauline不說，橙橙還真忘了。

"怎麼妳今天也這麼早上班？"看到母親身上的制服，橙橙忍不住問。

Bruce是碼頭管理員，負責船舶出入和貨物裝卸的現場管理，很早便得上班，但自己的母親不一樣，通常橙橙起床時，她還在睡大覺。

"臨時被調班，我現在就得出門。記得哈！得一字不落地把昨晚的事說給Bruce聽，不准找藉口。"

等大門關上後，橙橙才反應過來（原來她莫名其妙地接收了一個爛攤子）。這一驚，非同小可，她立馬找來手機撥打，結果Pauline竟然未雨綢繆地關機了。

"Zut!"橙橙忍不住罵了一句。

不巧Bruce正從洗手間走出來，橙橙趕緊解釋不是針對他。

他反問針對誰？橙橙答Pauline（不知為什麼，回答母親的洋名好像能拉開與她的距離。當然，這只是逃避心理在作祟）。

然而這個回答比不回答還糟糕，它宛若一個引子，如果不加以解釋，就像便祕好幾天一樣難受。

橙橙思忖著該坦白到什麼程度，Bruce忽然提到Pauline想買理財產品，還遊說他一起投資……

這無異給了橙橙一瓶瀉藥，讓她一瀉千里。

Bruce聽完後，臉上有"逃過一劫"的輕鬆自在感。這與橙橙想的不一樣，她以為他會暴跳如雷，結果非但沒有，Bruce還問起Pauline要如何還賭債，彷彿這件事跟他一點兒干係也無。

橙橙期期艾艾地答也許Pauline把希望放在他身上……

Bruce笑得很大聲，直說不可能，橙橙頓時跌入谷底（雖然債務不是她的）。

大概橙橙流露出失望的表情，她的繼父提出解決方案，那就是和賭場商量，每個月從Pauline的薪水中扣除一定比例的工資償還，直至還完為止。當然，經這麼一說開，賭場自然會禁止Pauline再次入場賭博，她是摩納哥公民的妻子，按照規定，本國人禁止在境內賭博。

橙橙承認這是釜底抽薪的好法子，這下子Pauline應該不會
再賭了。

葉橙橙 _17

17

Pauline一聽說自己即將上"禁止入內賭博"的黑名單，很是懊惱。

"妳還想賭？真不怕死！"橙橙說。

"不是這樣的，我不想讓所有的Dealer都知道我嫁人了，已經是名副其實的已婚婦女。"

Dealer又稱荷官，負責在賭場內發牌，然後根據結果收回客人輸掉的籌碼或進行賠彩，這也是Pauline目前的工作。

"妳是已婚呀！不然還想怎樣？"橙橙問。

Pauline說橙橙不懂，賭場的工作很枯燥乏味，唯一的樂趣便是在員工休息室裏和男同事玩玩小曖昧，即使存在語言障礙，眉目傳情也好。如今被貼上標籤，她感覺自己掉價了。

"媽，也許妳該和心理醫生談談。"橙橙有感而發。

"沒錢哪！現在更是雪上加霜。照妳說的，今後每個月我都會被扣除一定比例的工資用來抵債，加上Bruce也不是省錢之人。換言之，家裏的收入減少了，妳又幫不上忙，真要急死人了！"

橙橙沒想到自己又被母親倒打一耙，Pauline已經不止一次提到女兒是她的負擔。

"放心，我會加緊找工作，不管如何，月底一定搬，不給妳和繼父添麻煩。"橙橙說。

"也好，單身公寓擠進三個人，沒毛病也會擠出毛病來。"Pauline答。

葉橙橙_18

18

西元1297年，意大利熱那亞某貴族在阿爾卑斯山脈伸入地中海的一座懸崖上建立王室，從而有了摩納哥公國（所謂的公國乃指王國下面的封建制自治國家，好比中國周朝的諸侯國）。

這個公國非常小，小到步行五個小時就能全部走完，小到坐火車一個不小心就能錯過。偏偏這麼小的國家，本國人只佔總人口的22%，其餘皆來自世界各國，當中又以法國人和意大利人居多。可想而知，當橙橙求職時會有多困難，畢竟法語說得再好也沒法國人流利，意大利語則根本不行，而她的銀行工作資歷也算不上亮點，眾所周知，摩納哥的銀行業務直逼瑞士，許多世界知名的銀行都會在此設立分部，完全不愁招不到這行的頂尖人才。

橙橙躊躇再三，做了做壞的打算，心想倘若月底前還是沒找到穩定收入的工作（在餐廳彈琴不算，做不到餬口），她便回國，好歹可以教教法語和接一些翻譯工作。

這一天，橙橙面試完奢侈品導購的工作，意興闌珊地漫步到港口，面對海天一色、天朗氣清，她的心卻像久旱下的植物，一點兒生氣與活力也沒有。

" Chengcheng ~ "

聽見有人喊她，她轉過頭去，原來是繼父，他工作的碼頭就在不遠處。

" Qu'est-il arrivé ? " Bruce問她發生什麼事了？

橙橙搖搖頭答沒什麼，面試結果不佳，大概糊了。

Bruce安慰她慢慢來，找工作沒那麼容易。

問題是橙橙無法慢慢來，時間一步步迫近，而她不想回國（當初出國時有多意氣風發，現在就有多狼狽）。

Bruce問她為什麼非回國不可？摩納哥遍地都是黃金，彎腰撿就行。

他大概以為玩笑話能緩解不愉快的氣氛，偏偏捅了馬蜂窩。橙橙把這些日子以來的不如意全灑在他身上，彷彿是他造成了她今日的不幸。

冷靜過後，橙橙還是向無辜的人道歉。

Bruce擺擺手，默默走開。

兩天後，繼父告訴她賭場有個工作機會，問她願不願意試試？

橙橙怎麼會不願意？

面試的結果非常順利，經理告訴橙橙明天就能上班，先讓同事帶她，通常一個星期之內就能獨當一面。

橙橙問管什麼？經理答輪盤。

聽說亞洲賭客喜歡玩百家樂，但蒙特卡洛大賭場最受歡迎的卻是輪盤（Roulette），它在法語裏的意思是小圓輪。

橙橙曾在電影裏看過輪盤，這個玩意兒由高級櫻桃木和金屬製作而成，荷官會負責在轉動的輪盤邊打球，球落在哪個數字就是得獎號碼，非常簡單，所以橙橙搞不懂為什麼需要一個星期的時間去學習？

針對這點，她沒提問，反正到時候就明白了，不是嗎？

Pauline聽說女兒得了工作（還是她的同事），很是開心，而更開心的是橙橙，她打算過幾天就搬家。

"妳要搬去哪裏？" Pauline問。

"尼斯。"

橙橙的月工資只有六千多歐元，在寸土寸金的摩納哥根本租不起像樣的房，而她又不願意合租，所以在得到工作的不到一個小時內，她便發郵件給前房東，當知道鄉間小屋還空著時，立馬租了下來。

"妳打算每天坐火車通勤？" Pauline又問。

"是的，反正45分鐘就到了。"

Pauline說在摩納哥工作不徵所得稅，橙橙若回法國居住，反倒要向法國政府納稅，倒不如堂而皇之地住在意大利，因為意大利無法對拿法國長居簽證的人徵稅。

橙橙也想過這個問題，但她的意大利語不行，加上她喜歡原來的居住環境，所以不做過多考慮便決定回歸。

Pauline聳聳肩，說:"這是妳的生命，想幹啥就幹啥，妳高興就好。"

兜了一圈又回到原來的租處，做的還是原先排斥的賭場工作，看似不令人滿意，但至少橙橙能養活自己，同時不再寄人籬下。

"是的，我是高興。"橙橙回答母親。

葉橙橙 _19

19

摩納哥火車站修在一個山洞裏，從站臺可以乘坐電梯直達山頂平臺，望出去便是摩納哥港灣的絕美景緻。

通常的情況下，橙橙沒那個閒情逸致去欣賞，因為得趕著乘坐公交車到賭場報到，但從賭場下班後就不一樣了，她會找個有美景的咖啡館小憩一下，這是一天當中最放鬆的時刻，讓她暫時忘記銅臭味，回到該有的詩和遠方。休息過後，橙橙又得步行到五百米外的餐廳彈琴，直到十點再坐公交車回到火車站，到家時已近午夜，這就是橙橙目前的作息規律。

談到新工作，賭場經理曾說橙橙需要一個星期的時間去熟悉，事實上她花了十多天才敢獨挑大樑，究竟為何？

輪盤可以根據顏色、單雙、號段、12個數字組合（Dozen Bet）、直行（Column Bet）、六個數字組合（Six line Bet）、四個數字組合（Corner Bet）、三個數字組合（Street Bet）、兩個數字組合（Split Bet）、單個數字（Straight Bet）

來下注，賠率各有不同，最大的難度便是算錢。由於輪盤的押注有別於其他紙牌類遊戲，一旦一個區域中獎，有可能是各種中獎的組合，算錢便成了難事，譬如中獎號碼是黑色13，一位賭客在13這個號碼上押了400元（賠率1:35），在13～15三個號碼中押了500元（賠率1:11），在11～14四個號碼中押了300元（賠率1:8），在13～16四個號碼中押了700元（賠率1:8），在10～15六個號碼中押了1100元（賠率1:5），在13～18六個號碼中押了900元（賠率1:5），接著在黑色中押了3300元（賠率1:1），請問這位賭客一共贏了多少錢？

瞧！是不是很複雜？

作為一位職業荷官，必須在最短的時間內算出，然後合計過後一起賠給賭客。

除了算錢這個難題，推籌碼也是技術活。賭場裏每20個籌碼叫一棟，這是基本單位，荷官為了體現專業和優雅，所有的籌碼必須用一隻手貼著桌面一次性賠出，中間不得散落。

可見賭場的工作十分注重經驗和心算能力，不是一朝一夕學得來的。

那麼橙橙的母親在法語及英語皆不行的情況下又是如何做到的？

原來Pauline最初被派去管Black Jack，也就是21點，其難度不下輪盤。結果實習不到一個小時，經理便果斷換桌面，於是Pauline一路從黑傑克、輪盤、百家樂、加勒比撲克、骰寶、三公、牌九……最後才在Casino War找到安身之處（一張牌比大小，A最大，2最小，簡單明瞭，再適合她母親不過）。

話說這對母女雖然在同一個賭場工作，但見面的次數寥寥可數，那是因為她倆在不同的廳上班，連休息室也不一樣，加上偶有輪班的緣故。

這一天，當橙橙走出賭場，正躊躇該上哪兒吃中飯時，一句"橙橙"讓她和母親又相逢了，記得上一次見面還是萬聖節過後。

"一起吃飯？" Pauline問。

"好。"

於是橙橙跟著母親走向Boulevard大街。

葉橙橙－20

20

這家日料店為上班族提供多款定食，每份 15 歐元，可說是經濟實惠。

"最近怎樣？" Pauline 邊吃青花魚邊問女兒。

"還行，我打算存錢買架鋼琴。"

"原來那一個呢？"

"早賣了，現在最便宜的二手琴也要兩千多歐元，另外還得找調音師調音。"

Pauline 提醒橙橙，她的月工資只有六千多。

"我當然知道，但精神生活也很重要。"

"隨便妳。對了，下禮拜我打算和妳繼父到西班牙玩。"

"為什麼是下禮拜？"

"Bruce 只有聖誕假期有長假。"

摩納哥屬於亞熱帶地中海型氣候，夏季乾燥涼爽，冬季溫暖潮溼，年平均溫度在攝氏16度左右，難怪橙橙感覺不到聖誕節即將來到（印象中聖誕節必然是白雪皚皚）。

"真好，祝你們玩得愉快！"橙橙說。

"要不，妳也和我們一起去？"

橙橙搖頭答不，因為還得存錢買鋼琴。

她母親還是回答隨便她，這句話的解讀是她不會為橙橙的鋼琴及旅行買單。

結賬時，她倆分開付賬，沒有誰佔了誰便宜。

回到賭場門口，Pauline要橙橙好好照顧自己，下班後不妨跟"男"同事出去玩玩。

橙橙笑了，她母親以為所有洋人都是白馬王子。

"走了。"橙橙揮一揮手，然後上樓去。

21

身為音樂愛好者，不會不知道馬克西姆這位來自克羅地亞的鋼琴家。他以特立獨行的姿態顛覆了人們對音樂的看法，包括將古典曲目與現代元素結合，衣著上也捨棄傳統的燕尾服和西裝領帶，換上一身的狂野勁裝，加上耳環、項鏈、刺青等，酷味十足。

由於昨晚聆聽了他那無懈可擊的《克羅地亞狂想曲》，橙橙深受感動，所以決定今天也彈奏此曲。

當橙橙按下最後一個音時，服務員為她捧來一杯客人送的橙汁。橙橙轉過頭去，一個笑起來很甜的女孩向她揮手。

橙橙點頭致意，然後彈接下來的曲子。

這個看起來"人畜無害"的女孩是昨晚的賭客之一，橙橙之所以留意到她，乃因她身旁的老男人。賭場偶有"老少配"的組合，橙橙早見怪不怪，只是感覺可惜，條件那麼好的人其實不需要降格以求。

今晚女孩又和老男人一起，那男的背對橙橙，身上穿著很醒目的橙色外套，看身形，是他無誤。

橙橙一直彈到十點才想起客人送的橙汁，冰塊早化了，在鋼琴上留下一個水印子。

"妳終於彈完了，"那女孩走向橙橙，"我們找家酒吧喝酒去！"

橙橙轉過頭去，發現老男人不見了。

"對不起，我得回家了。"橙橙說。

"現在才十點。"

"我住在尼斯鄉間，離這裏起碼有40公里。"

女孩說她沒去過尼斯鄉間，剛好開開眼界。

"妳向來都這麼信任人嗎？"橙橙問。

"能把《克羅地亞狂想曲》彈得這麼好的人，又怎麼可能是壞人？"

這個邏輯怪怪的，就算女孩信任橙橙，橙橙未必信任她，她怎麼就不換位思考一下？

"我看……下回再說吧！抱歉，我得趕火車了。"

從餐廳走到公交車站約五分鐘步程，但就在這五分鐘裏，一向很少下雨的摩納哥卻突然下起雨來，還好在全身溼透前，橙橙順利抵達車站。

當橙橙正"望眼欲穿"時，一輛橙色跑車停在她面前。

"快上車！"那人搖下車窗，正是送橙汁給橙橙的客人。

"不用了，謝謝！"

"糟糕！後面那輛是不是要進站？妳快上車！我不想挨罵。"女孩催促著。

橙橙腦子一熱，上了車，忘了後方來車正是她等待許久的公交車。

跑車開出去好幾分鐘，女孩才想起來要怎麼開到尼斯？

橙橙說沿著海岸線一直開過去就是，需要轉彎時，她會提前告知。

"妳真好。第一眼看到妳，我就想著這個女孩好溫婉，像個大家閨秀，我一定要和她做朋友。"

女孩的回答讓橙橙心中五味雜陳，自己對她的第一印象可沒這麼好，反倒覺得可惜，妥妥的一朵鮮花插在牛糞上。

"妳叫什麼名字？"橙橙問。

"桔子。"

橙橙以為自己聽錯了，又問了一次。

"桔子，柑橘的意思。妳如果不想叫我的中文名，喚英文名Mandarine也可以，反正都一樣，我不在乎。"

橙橙哈哈大笑，女孩問她笑什麼？

"我叫橙橙，英文名Orange。"

"妳沒開玩笑吧？！真的叫橙橙？"

見橙橙點頭，女孩說搞不好她們是失散多年的姐妹。

橙橙心想自己的哥哥姐姐們都無緣出生，弟弟妹妹們更是沒有（打從有記憶起，母親的腹部一直很平坦），所謂"失散多年的姐妹"，其機率等同火星撞地球。

"這車是妳的？"橙橙轉話題。

"不是。"

"妳住哪兒？"

"酒店。"

桔子的回答讓橙橙想起了老男人。

"妳打算在摩納哥待多久？"橙橙問。

"看情況，其實我是帶著任務前來，就不知道能不能達到目的。"

目的？看來這個女的不簡單，不榨乾老男人不罷休。

想至此，橙橙突然失去與她交談的興致，縱使她看起來依舊"人畜無害"。

葉橙橙 -22

22

橙橙住在距離尼斯市中心18公里處的鄉村，這座環繞橄欖樹的小村莊有著16世紀的岩石壁壘、青磚石屋以及石板路，那略帶滄桑的容顏有種別樣的情調，漫步其間，彷彿能與古人對上話。

"很美的地方啊！"桔子說。

今晚月色朦朧，給小城披上了一件青灰色的薄紗，既冷峻又神祕。

"的確很美，白天又不一樣，像……像世外桃源。"橙橙答。

"我好想看看世外桃源呦！"

過了幾秒鐘，橙橙才意識到自己處在一個左右為難的境地。

"咳、咳、"橙橙故意咳嗽兩聲，"我的房子很小，只有一張床，偶爾還會有老鼠。"

"老鼠？妳說的是Jerry？"

動畫片《貓和老鼠》中的老鼠便叫Jerry。

"是……不是，沒那麼可愛，體型大一些，有細長的尾巴和黑色絨毛，眼睛是紅的，牙齒很尖銳。"

桔子好不興奮，她說自己長這麼大還沒看過活老鼠，太好了，一箭雙雕（橙橙猜她的意思是既能看到世外桃源，又能看到活老鼠，兩件事一次解決）。

這下子已經不是"左右為難"的問題，而是"逼上梁山"，橙橙只好請出老男人。

"妳不回去睡覺行嗎？我可不希望妳惹上麻煩。"橙橙提醒。

"說的也是，到妳家時再打電話。"

車子在橙橙的小屋前停下後，桔子果然撥打電話。

"今晚不回去了，我睡朋友家……你好囉嗦……好啦！知道了。"

結束談話後，桔子把手機遞給橙橙，說："我爸要妳輸入手機號，省得到時候找不到人。沒辦法，中國父母就是這樣，請諒解。"

"父母？"橙橙驚得下巴差點兒掉下來，"那個穿橙色外套的男人是妳爸？"

"當然，不然妳以為是誰？"

橙橙以為他是老色鬼、凱子、提款機……

"我以為他是妳的上司。"橙橙答。

"上司？妳真愛說笑！這輩子我還沒上過一天班，哪來的上司？"

哎！同人不同命。當橙橙為了餬口，疲於奔命時，有人可以不為五斗米折腰，上帝也太不公平了！

按要求輸入手機號後，橙橙不放心地一問：“妳確定要一箭雙雕？”

“嗯！如果妳不反對的話。”桔子答。

葉橙橙－23

23

法國向來有鼠患，原因在於這個國家對化學用品的使用有相當嚴苛的要求，導致滅鼠劑不好購買，加上聖母白蓮花太多（他們認為老鼠也有權利生存在這個地球上），所以問題一直無法根治。

今晚，橙橙不確定老鼠會不會出現，但顯然桔子並不在乎，她喋喋不休地講話，恨不得一個晚上就讓橙橙認清她的祖宗八代。

"妳的意思是妳家從曾祖父輩開始發跡，父親很愛顯擺，母親是校花級人物，有個哥哥在家族企業工作，此次前來是為了聆聽克羅地亞的聖誕節音樂會。"橙橙停頓了一下，"既然這樣，怎麼跑來摩納哥？你們應該去克羅地亞才是。"

"我想聽音樂會，但我爸只想賭，當然先滿足他的需求。對了，妳也一起來，雖然我只有兩張票，但別擔心，我會另外加購一張給妳。"

“兩張票？妳爸也一起去？”

“他才沒那個閒情逸致，是我哥啦！不過音樂會開始前他才會出現，妳現在看不到他的廬山真面目。”

橙橙告訴桔子，聖誕假期她只放一天假，所以……

“一天夠了，我們坐直升機去，不會耽誤妳工作。”桔子答。

葉橙橙 -24

24

隔天一覺醒來，桔子已經離開，留下了一張紙條，上面寫著：我去參觀世外桃源。對了，妳家**Jerry**挺愛吃藍紋起司。

看完，橙橙把紙條揉成一團扔地上，感覺生無可戀（不知天人交戰多久，她才捨得買藍紋起司犒勞自己，結果進了老鼠肚裏，真是欲哭無淚）。

葉橙橙 _25

25

音樂會定在12月22日晚上舉行，這一天不是繁忙的日子，所以賭場及餐廳經理很爽快地放人。

桔子說既然休假不易，何不21號晚上就飛普拉，這樣白天還能逛一逛這個美麗的濱海城市。

橙橙沒去過克羅地亞，當然也沒去過普拉，經桔子這麼一提議，她無可無不可地答應了。

當桔子來餐廳接人時，時間剛過夜裏十點一刻。

"這輛車是妳爸的？"上了車，橙橙問。

"他租的。"

"人呢？"

"還在賭場裏，已經輸掉二十萬歐元了，還賭！"

如果橙橙不曾在賭場工作過，她會認為二十萬歐元很多，但見識過一夜輸掉上千萬歐元的例子後，二十萬實在很少，少得不足掛齒。

這樣的話題其實不怎麼令人愉悅，於是橙橙轉話題，說："妳爸可真喜歡橙色，橙色的領帶，橙色的外套，連租的車也是橙色的。"

"實話告訴妳，這個顏色很吸人眼球，與其說他喜歡橙色，倒不如說他喜歡被關注。"

橙橙忽然想起那個未曾謀面的父親，據說他也喜歡橙色，這是否意味著他也喜歡被關注？

"桔子，妳姓什麼？"橙橙問。

"姓樊，樊梨花的樊，就是那個歷史上有名的女將。對了，妳為什麼問這個？"

"沒事，好奇。"

桔子反問橙橙姓什麼？她正要回答，一架直升機從頭頂飛過，發出噠噠噠……的聲音。

"那是來接我們的直升機……"桔子停頓了一下，"我猜的，應該八九不離十。"

聽說坐一趟直升機所費不貲，橙橙問桔子："妳父親難道沒說什麼？

"有，他說注意安全。"

葉橙橙 _26

26

Pauline曾說橙橙的生父喜歡橙色，這也是她名字的由來。正因為這個與父親相關的名字，橙橙喜歡上所有橙色的東西。

然而進入青春期後，橙橙的叛逆心油然而生，想到被父親拋棄，自己卻還喜歡他喜歡的顏色，簡直傻得可以！所以杜絕了這個顏色，只保留一件秋冬款的橙色連衣裙和一隻橙色錶帶的石英錶，原因無他，當初的售價太過昂貴，扔掉可惜。

這次上克羅地亞，打包行囊時發現了這件連衣裙，其色彩依舊鮮豔。橙橙只考慮了一下便把它塞進包裹，打算讓它重見天日。

隔天晨浴完畢，桔子注視著橙橙的身上衣，說："哇！這衣服也太漂亮了，哪裏買的？"

"現在應該買不到了，是很多年前的舊衣。"

"妳要我？"

橙橙聳聳肩，默不作聲。

當她們來到酒店餐廳吃早餐時，每個人都盯著橙橙瞧，包括一位三好學生。

"這是我哥——羅傑，這是我新認識的朋友——橙橙。"桔子介紹。

"很高興認識妳。"羅傑對橙橙說。

"你好。"橙橙答。

然後桔子對她哥說："怎樣，比文芳漂亮吧？！"

橙橙問誰是文芳？桔子答文芳是她哥的前女友，兩人已經分開了。

" Oh! I'm sorry."橙橙說。

桔子忽然咯咯咯地笑，橙橙問她笑什麼？

"文芳是黑社會大姐，兩人分手沒什麼好遺憾的。"

"真的？"橙橙轉頭問羅傑。

"別聽我妹的，文芳優秀得很，是我配不上人家。"

吃完早餐，桔子說她的香奈兒套裝和橙橙的連衣裙一比簡直完敗，不行，她得回房換件出彩的。

結果桔子換上了一件全白的連衣裙，兩個女人這下子看起來就像一對姐妹花。

"走！讓我們上街抓住所有男人的心。"桔子說。

葉橙橙 _27

27

來普拉之前，橙橙已事先做過功課，知道這個城市位於克羅地亞西北部的半島上，一世紀時為羅馬帝國的一個橋頭堡，現在則是克羅地亞的重要貨運港口。其舊城中心仍保存著羅馬時代的街道設計，留下不少的建築陳跡，包括競技場、凱旋門、城牆、馬賽克壁畫等，雖然經過歲月的洗禮，仍能略窺當年羅馬帝國鼎盛時期的風采......

"喏！"桔子手指前方，"那就是競技場，今晚的演出地點，也是世界上唯一將羅馬建築特色完整保存下來的競技場。"

"哇！真壯觀！"橙橙讚歎著。

羅傑說："在古代，競技場主要用於格鬥表演，現在則被克羅地亞用來舉辦文化活動。聽說二次大戰期間，意大利法西斯政府曾想把它拆了，整個移至意大利，後來因經費過高而作罷。"

橙橙心想還好作罷，否則現在就享受不到"原汁原味"了。

由於今晚有演出，此時的競技場看起來很繁忙，不僅座椅陸續進場，燈光和大屏幕也開始架設。

「古建築和現代產物同時出現，看起來有點兒不倫不類。」橙橙說。

「夜晚來臨就不一樣了，當燈光打下來，效果很震撼人心。」

橙橙問她怎麼知道？桔子答Nick已經不止一次在此演出，她看過視頻，不會錯的。

「Nick?」

「他是大提琴手，自從知道他會參加這場音樂會，我立即上網購票。」

「噢！原來妳是他的粉絲。」

「嗯……也是也不是。」

橙橙還想問仔細點兒，羅傑催促她倆快點兒走，以這個龜速，估計中午前都走不出競技場。

這個回答讓橙橙和桔子都忍不住哈哈大笑。

接下來，他們走走停停，參觀了不少名勝古蹟。在看過奧古斯都神廟後，時間已近中午，桔子提議叫車到奧帕蒂亞吃傳統的克羅地亞美食。

「普拉的食物不傳統嗎？」橙橙問。

「也傳統，不過這裏沒賣大尺寸薑餅。」桔子答。

原來克羅地亞人流行將心形薑餅贈給愛人，藉以表達情意。自從桔子聽說奧帕蒂亞有家烘焙店賣大尺寸薑餅後，就想著在薑餅上寫下情話，好送給Nick。

橙橙迷糊了，剛開始她以為桔子在追星，現在看來兩人的關係似乎要比那個深（如果不是，只能說明桔子是個大花痴）。

「妳若想去，我當然跟著去。」橙橙答。

“妳也可以順便買薑餅送給喜歡的男生。”桔子說。

橙橙之所以不反對前往，倒不是因為愛情薑餅，而是聽說那個小鎮是茜茜公主最鍾愛的地方，她是奧匈帝國皇帝弗里茨一世的妻子。

“免了吧！我已經單了很久，看起來還會繼續單下去。”

話一答完，桔子對她哥眨眼睛，像是說：“眼前就有個追女機會，可不要錯過了！”

葉橙橙 -28

28

奧帕蒂亞坐落在亞得里亞海畔，享有"玫瑰和玉蘭花之城"的美譽。這裏有綠樹成蔭的公園、宜人的氣候和漂亮的海邊別墅，是克羅地亞最古老的海邊度假聖地，也是歷年來王公貴族及文化界名人趨之若鶩的地方。

在面朝大海的餐廳吃完土豆燉牛肉、海鮮湯和墨魚飯後，他們沿著海濱漫步。海水中有一座"女孩與海鷗"的雕像，它是奧帕蒂亞的標誌，每天目送著潮來潮往，就像這裏的生活，簡單而寧靜。

"Nick是怎樣的人？"橙橙邊望著波光鄰鄰邊問。

"他……很特別，不止表現在音樂上，還包括他的個人魅力，我再也找不到比他更好的人。"

桔子的回答讓橙橙感到好奇，莫非世上真有這種稀缺物種？反正她沒遇到過，即使前男友及前前男友也未曾讓她驚喜，她甚至懷疑"一見鍾情"和"一眼萬年"是否真實存在？

"如果……如果妳的男神已經有喜歡的人……"

"不可能，"桔子揚起聲，隨即又放低音量，"即使是真的，我還是會繼續愛他，直到海枯石爛為止。"

橙橙心想桔子至少還有盼頭，不像她，早對男人不抱任何希望。

"程小姐，如果妳的男神已經有喜歡的人，妳會怎麼做？"羅傑突然問。

橙橙噗嗤一笑，原來"三好學生"一直以為她姓程。

"哥，橙橙不姓程，她姓……"桔子轉看橙橙，"對了，妳姓什麼？"

橙橙做了一個落葉飄零的動作，也不知道是她的表達方式不對還是其他，反正這兩兄妹愣是猜不出來。

"算了，就叫我橙橙吧！橙色的橙，別冠姓氏了。"橙橙說。

羅傑接著問橙橙："難道妳不好奇我姓什麼？"

這有什麼可好奇？桔子既然姓樊，她的哥哥當然也姓樊，不過橙橙不想按常理出牌。

"你姓羅，羅傑的羅。"橙橙故意說。

此話一出，羅傑和桔子笑岔了氣。橙橙感到莫名其妙，這麼冷的笑話，至於嗎？

葉橙橙 -29

29

桔子在烘焙店裏買到一個約九寸大小的薑餅，烘焙師傅滿足了她的願望，在紅色餅乾上用融化的巧克力寫下表達愛意的詩句。

"這下子Nick應該能明白妳的心意了。"橙橙說。

此時的桔子卻陷入沉默，思緒好像飄到很遠的地方⋯⋯

這也是橙橙不明白之處。剛開始，她以為桔子是個無憂無慮的陽光女孩，像透明玻璃杯裏的水一樣，讓人能一眼望穿。然而接觸過一陣子後，她反倒覺得自己膚淺了，桔子可不像表面上看到的那樣，她的開朗是裝出來的。

"我能不能也送禮物給Nick？"橙橙故意說。

"不許！他是我的。"

才一會兒工夫，桔子又恢復原來的狀態，連笑容也複製得一模一樣，讓橙橙隱隱感到不安。

葉橙橙 _30

30

夜幕低垂，華燈初上，音樂會就要拉開序幕。

桔子曾說競技場在燈光的照耀下很是震撼人心，這是真的，不僅神祕，還帶點兒詭譎氣息，彷彿下一秒鐘，帝國將軍就要率領千軍萬馬而來……

橙橙和桔子在前排正中的位子上坐下，桔子的大腿上還擱著一個包裝精美的紙盒，裏面裝著用來表達愛意的薑餅。

當觀眾陸續入場，管弦樂團和指揮也就定位時，桔子忽然弓著身子走開。沒多久，羅傑弓著身子走過來，壓低聲音問橙橙："什麼事？"

"什麼？"

"妳不是有話問我？"

橙橙愣了一下，才答："我問你妹你是不是跟我們一起回摩納哥？她說你最清楚。"

"我今晚去巴黎。"

羅傑一答完，觀眾的掌聲響起，代表演奏開始了，他只能坐在原本屬於桔子的位子上。

節目進行一個多小時之後，一個俊朗帥氣的男人從後臺走上前來，腳步輕盈，像參加一個再平常不過的聚會。就位後，溫婉動人的大提琴旋律響起，曲目是《Hallelujah》。

沒想到這首讚美上帝的曲子也能拉得如此令人迷醉，橙橙徹底淪陷了。霎那間，"一見鍾情"、"一眼萬年"、"一見傾心"、"一拍即合"……皆成為可能。

後來誰當壓軸？彈奏了什麼？橙橙完全沒印象，滿腦子都是這個帥氣男人的身影。

"終於結束了！"坐在橙橙身旁的羅傑嘆了口氣，"若再繼續下去，我肯定見周公。"

橙橙感到很不可思議，這麼好的音樂饗宴，怎麼在他聽來卻索然無味？還有，既然不喜歡音樂，何必勉強自己聆聽？

羅傑解釋一個人有一個人的愛惡，無關對錯。至於為什麼來聆聽音樂？還不是因為桔子……

橙橙想進一步追問，結果桔子跑過來對她說："快！散場了，幫我找Nick。"

"我不知道他的長相。"

"最帥的那一個，"桔子停頓了一下，"方才拉《Hallelujah》的那一位。"

橙橙的心喀噔了一下，怎麼這麼湊巧？

接下來，這兩個女生在多如過江之鯽的人潮中快速鎖定背大提琴的人，正當尋尋覓覓時……

"Are you looking for me?"

橙橙轉過頭去，是他，Nick。

"Yes......No......Yes......" 橙橙緊張得語無倫次。

他笑了，緊接著說今晚橙橙穿了一件漂亮的橙色連衣裙，害他無法專心演奏。

原來這個男人也注意到橙橙，這讓她更加小鹿亂撞。

"I......I'm sorry." 橙橙囁嚅地答。

這次他笑出聲來，問橙橙是不是一向如此拘謹？

"No......Yes......No......" 橙橙又開始紊亂了。

此時桔子跑了過來，橙橙以為她會奔向Nick，結果她把薑餅盒子往橙橙手裏一塞，人躲到橙橙身後，一句話也無。

"Is that for me?" Nick問。

橙橙只好答是，然後把盒子遞過去。

"What's inside?"

"Gingerbread."

橙橙話一答完，桔子馬上拉她離開，那樣急，像有飛禽猛獸在後追趕似的。直到再也看不到Nick，桔子才鬆手。

"妳怎麼了？" 橙橙問。

"我太緊張了，妳摸，" 她攤開手，"手心全溼了。"

橙橙沒摸，因為她的手心也溼了。

"我以為你倆至少認識。" 橙橙問。

"是認識呀！只是我們已經有大半年沒見，他可能不記得我了。"

橙橙直覺這是不可能的事，但她沒有在這個問題上打轉。

按照計劃，接下來便是回酒店拿行李，然後坐直升機回摩納哥。由於回尼斯晚了，今晚橙橙會和桔子擠一塊兒，明天天亮好就近上班。

葉橙橙 _31_

31

橙橙和桔子在摩納哥下機，羅傑則繼續搭直升機去巴黎，具體為了何事，橙橙不清楚，也沒興趣知道。

當兩個女孩進酒店房間時，桔子的父親正在客廳裏抽菸，煙霧繚繞。

"我見過妳。"他把菸熄了，指著沙發，"坐。"

"爸，橙橙累了，饒了她吧！"桔子說。

"Chengcheng？挺有意思的名字，"他轉向自己的女兒，"妳先去洗澡，我跟小姑娘聊聊天。"

桔子還想說什麼，被橙橙拿話給堵住了（主要是她不想讓長輩沒面子），桔子只好快快回房。

"聽說妳們去聽音樂會了，感覺如何？"他問。

"很好……非常好。"

“妳的名字叫‘Chengcheng’，哪個Cheng?”

橙橙答橙色的橙。

“喜歡我的橙色睡衣嗎？”

“什麼？”橙橙睜大眼睛問。

這個男人穿著上下兩截式的橙色睡衣，再平常不過，但問話實在太不正常了。

桔子的父親後來解釋因為橙橙身穿橙色連衣裙，又叫“橙橙”，所以以為遇上同好。

“我本人不是特別喜歡橙色，會穿上它大概是命運的安排。”橙橙答。

“我不一樣，非常、非常喜歡橙色，這個顏色能瞬間讓我成為焦點。焦點是什麼？焦點就是流量，而流量能變現，進一步說，還能吸引異性的目光……”

這個顏色能不能變現？橙橙不知道，但她的橙色連衣裙的確吸人眼球。簡言之，橙橙無法反駁他的言論。

接下來，橙橙被迫聽一個“成功”男士吹噓，包括他擁有三家上市公司，這次旅行花了百萬（包括賭輸的錢），還要橙橙回國後找他，他會幫她安插個錢多事少的工作……

“謝謝！我對目前的生活狀態感到滿意，暫時不會回國。”橙橙答。

“告訴我，”他忽然壓低聲音，“玩輪盤有沒有什麼訣竅？或者……賭場有沒有出老千？不然我怎麼老輸錢？”

其實從“摩納哥禁止本國人賭博”的規定中就可見端倪，賭場怎麼可能輸？賭客贏的不過是身旁的倒霉鬼罷了。

“我不清楚哪！有句話‘小賭怡情，大賭傷身’，應該是這個道理沒錯。”

男人聽完呵呵呵地笑，讓人不明所以。

“那麼我回房了。”橙橙起身。

“等等，”他走進自己的房間又踅回，“這是給妳的。”

橙橙的手裏因此多了五百歐元。

“什麼意思？”她問。

“謝謝妳陪小女去聽音樂會。”

橙橙把錢塞還給他，說：“聽音樂會是我樂意做的事，不用給錢。”

結果男人又把錢推給她，答：“那麼算是提前給妳的小費，明天我還會去賭。”

賭贏的賭客偶爾會給荷官小費，但沒遇到過事先給的（還給的這麼多），太不正常了！

男人說就當給個好兆頭，他已經輸太多了，就靠明天翻盤。

回到房間，橙橙發現桔子躺在床上玩手機，而桔子發現橙橙手裏拿著錢。

“哪來的錢？”桔子問。

“妳爸給的。”橙橙答。

桔子瞬間臉色大變，橙橙才意識到說錯話了，趕緊解釋來龍去脈。

“給妳一個良心建議，千萬別落入我爸的圈套。他已經跟很多女孩扯不清，年輕時還差點兒在外面生下私生子，要不是我媽快刀斬亂麻，指不定我會多出一個哥哥或姐姐。”桔子說。

橙橙要桔子放心，她對老男人完全沒興趣。

“那就好。”桔子拍拍身旁的位子，橙橙坐上去，“回答我，妳覺得Nick怎麼樣？”

“嗯……挺好的。”

"挺好的？我認為他完美無瑕，人長得好看，還那麼有才華
。"

"噢！"

也許橙橙沒說打擊的話，桔子默認這是支持，於是又喋喋不
休地說起這個男人種種的好。

"對不起，我明天還要上班，想洗洗睡了。"橙橙不得不打斷
看似沒有終點的談話。

"好吧！不過我可提醒妳一句，他是我的，妳可不許喜歡他
。"桔子說。

葉橙橙 -32

32

隔天，橙橙打著哈欠上班。經理巡視賭場時，要她多注意一下形象，橙橙點頭稱是。

由於昨晚提前收了小費，橙橙以為今天會遇到那個"橙色男人"，結果直到下班也沒看到人影，倒是當她面對碼頭大啃漢堡時收到一條短信，原來桔子家裏出了點兒狀況，她和父親不得不馬上回國。

"祝一切順利。"橙橙回覆。

然後桔子發來一張笑臉和一張哭臉，也不知是什麼意思。

葉橙橙_33

33

桔子曾說Nick是她的，要橙橙別喜歡他。

在橙橙看來，這很荒謬，只要不逾越法律和道德底線，每個人都有喜歡他人的權利。據她所知，Nick未婚，那就更不用說了，除非Nick當面拒絕她，否則橙橙要一直喜歡他，直到某天不再有喜歡的感覺為止。

葉橙橙 -34

34

橙橙十多天後才和母親在賭場大門口狹路相逢，大概西班牙的日照充足，她黑了不少。

"一起吃飯？" Pauline問。

"好。"

於是她倆一起走向格蕾絲王后大道上的中餐館。

"最近怎樣？" Pauline邊吃宮保蝦球邊問橙橙。

"還行，我打算存錢買大提琴。"

"不買鋼琴了？"

"買了。就是因為買了，所以沒錢買大提琴。"

Pauline問她多大了？橙橙答26。

"26歲才開始學大提琴是不是晚了？"

橙橙想學大提琴其實是為了一個男人，她母親是不會懂的。

"平常我花在吃喝玩樂上的錢很少，如果連這點兒小愛好也不被滿足，人生還有什麼意思？"橙橙反問。

"我也就這麼一說，妳想幹啥就幹啥，這是妳的人生。"

氣氛有點兒僵，於是橙橙告訴母親她新近遇到的人，藉以活絡氛圍。

"妳說那個男的喜歡橙色，他姓什麼？"

橙橙知道母親為什麼問這個，可惜沒那麼湊巧。

"他姓樊，不姓葉，不可能是我父親。"橙橙答。

Pauline明顯鬆了一口氣，橙橙趁機問生父的家世背景（以前也問過，但Pauline總顧左右而言他，不過這次倒有了答案）。

"他家已經富了好幾代，那樣的家庭早早就替他張羅對象。他告訴我——他的婚姻毫無質量可言。我信了，可是他沒告訴我那個女人厲害得很，不僅打得我滿地打滾，下體還出血。原以為這下子孩子保不住了，偏偏妳命大，只能說這是上天的旨意。"

橙橙早猜到自己的出生不被期待，但沒想到這麼不受歡迎。

"他……有其他孩子嗎？"橙橙問。

"一個，男的，比妳大幾歲。"

知道在這個世界上還有一個同父異母的哥哥，霎那間，橙橙感覺沒那麼孤獨了。

"妳可別去尋親哈！到時熱臉貼冷屁股就難堪了。"Pauline突然告誡女兒。

"知道啦！我不會吃飽了撐著。"

"那就好。當初我簽下合同，承諾收下二十萬元後就墮胎，意思是葉家並不知道有妳的存在。"

橙橙一聽，差點兒吐血，原來已經銀貨兩訖。

“錢呢？我指那二十萬元。”

“早花光了，哪還能留到現在？”

說的也是。以Pauline大手大腳的花錢能力，把二十萬元花光完全不成問題。

“下次別來這家吃，宮保蝦球竟然加番茄醬，這是做給外國人吃的。”橙橙忽然來氣，也不知在氣什麼。

結賬時，橙橙繼續不讓Pauline好過，故意說自己忘帶錢包了。她母親倒沒說什麼，默默把賬單付了。

回到賭場，Pauline要女兒好好照顧自己，同時舊話重提，建議她下班後不妨跟“男”同事出去玩玩。

“我的眼界沒那麼低，再怎麼也得找個貨真價實的白馬王子約會才成。”橙橙揮一揮手，“走了。”

35

橙橙住的鄉間沒有教大提琴的老師，所以輪到休息日，她總要到尼斯市中心拜師。教她的是一位老先生，對橙橙的"好學精神"很感佩，但仍提醒她縱使有音樂底子，想拉好《Hallelujah》也得花至少兩三年的功夫。

也許有人會笑橙橙痴，喜歡一個人何必如此煞費苦心？

其實這是自卑心理在作祟。橙橙是個私生子，沒有花容月貌，也沒有傲人的學歷和工作，有的只是一顆純真的心。如果有幸還能與那位讓她"一眼萬年"的男人相遇，橙橙希望屆時他能明白自己的用心。

現在的橙橙除了學習大提琴外，凡有關Nick的種種，她一字不落地照單全收（好比他是克羅地亞人，後來到英國留學，這很好地解釋為什麼他的英語會如此流利）。唯有如此，她才不感覺空虛，然而這充滿"正能量"的生活卻被接下來的一則則變化給拉到截然不同的軌道上........

梧桐路上的葉橙橙……

梧桐路的兩旁種了許多梧桐樹，那種遮天蔽日的綠是別的行道樹所沒有的，很難想像大城市也會有如此自然、質樸且寧靜的景觀，然而此時的橙橙，內心卻不平靜。

自從聽聞噩耗，橙橙就沒睡過一天好覺，這麼自我折磨十幾天之後，她決定搞清楚事情真相，這也是她踟躕在梧桐路上的緣故。

羅傑曾告訴橙橙，他家住在錦繡路15號，梧桐路走到底左轉便是。路是不難找，難的是橙橙若見到羅傑要說什麼好？這個男人一直以為只要說服自己的母親，一切困難就能迎刃而解，殊不知更大的難題還在後頭，極可能永遠也解決不了。

"妳好，請問這附近哪裏有賣熱飲？"一位路人攔下橙橙問。

"抱歉，我對附近不熟，不過我剛剛好像經過一家咖啡館，就在……"橙橙手指來時路。

"我知道，可是門打不開哪！"

橙橙隱約記得那家店的門上掛著"營業中"的牌子，怎麼會打不開呢？

“怎麼辦？除了那家，我一時想不起來哪裏有賣熱飲。”

“沒事，還是謝謝妳。”

路人離開後，橙橙反倒好奇是怎樣的店會在大白天鎖門？於是她往回走，想確認是不是如同路人所說那樣。

“凡以神仕者，掌三辰之法，以猶鬼神示之居，在女曰巫，在男曰覡。”橙橙默唸店門口人字板上的文字，“這是啥玩意兒？”

再看館內的窗簾全拉上，外面看不見裏面，而門板上卻掛著“營業中”的牌子，橙橙更加納悶，於是伸手去轉那個古銅色的圓形把手，“扣”的一聲，門開了。

“歡迎光臨。”一個戴著白色頭巾的女人站在櫃檯前對她說。

這下子橙橙進退兩難，她趕著去見羅傑，沒時間喝咖啡。

“不急，妳找的人還在睡覺。”女人說。

“妳怎麼知道我在找人？”

“妳的表情告訴我的，”她做了個手勢，“進來吧！喝杯咖啡再走。”

其實橙橙還想問她怎會知道羅傑在睡覺？總不致於是自己的表情洩的密吧？！因為她也不清楚羅傑現在在幹嘛。

話到嘴邊，橙橙還是吞下，因為那女人的目光已移開，正低頭不知寫些什麼。

橙橙想想也好，今早滴水未進，如果低血糖再犯，更解決不了問題。

一走進咖啡館，橙橙才發現裏面比想像中大，如果不是堆滿雜物，擺十張桌子應該不成問題。

“這是什麼？”橙橙拿起置物架上的乾癟物問。

“那是壁虎乾。”女人抬起頭回答。

橙橙嚇得趕緊把"乾屍"放回去。

"沒那麼恐怖，把壁虎乾磨成粉能治病，不過在我的店裏有別的作用。"

"什麼作用？"

"施法過後，能讓變心的人回頭。"

顯然這是家黑店，專門騙無腦之人，橙橙頓時失去繼續停留的念頭，可是正當她想離開時，那名婦人不見了。

"奇怪，人呢？"橙橙喃喃道。

這下子她進退維谷，若悄咪咪走人，萬一店裏少了東西，她跳進黃河都洗不清。還好沒多久，女人出現了。

"這杯是特別為妳調製的。"女人說完，把杯子遞給她，右手腕上的蜘蛛刺青很吸人眼球。

橙橙端起杯子，一飲而盡。

"我以為妳至少會留下半杯，這咖啡挺燙的。"女人坐下，撿起帶金邊的骨瓷杯查看，"還好留下一小勺的量。"

咖啡是燙，但對於急於離開的人來說，完全可以忽略不計。

"謝謝妳的咖啡，多少錢？"橙橙問。

"不急，等我解決妳的問題再說。"

"問題？我沒有任何問題呀！"

"妳不是懷疑男友與妳有血緣關係？"

橙橙嚇壞了，這麼隱祕的事，她怎麼會知道？

女人解釋是橙橙喝剩的咖啡告訴她的。

橙橙一聽來勁，問："除了這個，咖啡還說了什麼？"

女人轉動一下咖啡杯，邊看著杯底的咖啡邊說：“妳原本愛的不是這個人，不過這個選擇是好的，看樣子男友很愛妳。”

說的一點兒也沒錯，橙橙原本戀上Nick，後來迫於壓力才離開這個克羅地亞男人。那段低谷是羅傑陪她一起走過，也正因為這一段，她才發現原來“那人正在燈火闌珊處”......

“妳說......”橙橙停頓了一下，“妳說羅傑會不會是我的同父異母哥哥？”

“原來妳的男友叫羅傑，”女人放下咖啡杯，“回答這個問題前，我想知道妳是何時發現這個祕密？”

橙橙忽然意識到眼前的這個女人並非每件事都知曉，她還需要外物輔助。這個發現反倒讓橙橙心安，畢竟太神乎其神的事只能歸為神話。

“這個得從那天說起......”橙橙很快跌入回憶的漩渦裏。

十幾天前，當橙橙吃著美食，手機響了，她接聽。

“我在葛麗斯王妃路上。”

“啊～”

“妳怎麼了？”

橙橙之所以喊叫一聲是因為忘了桔子今天到。

“妳餓嗎？我正在車站附近的中餐廳吃炒飯。”橙橙說。

“不餓，剛吃完鵝肝三明治。”

橙橙後來跟她約在葛麗斯王妃路上的泰式餐廳門口見面，這家餐廳又是大紅燈具，又是金色鳥籠，桔子應該不會錯過。

就那麼湊巧，當兩個女孩碰面時，**Pauline**剛好從那家泰式餐廳走出來，於是橙橙快速介紹雙方。

"伯母好，我是桔子。"

"桔子？好特別的名字，妳姓什麼？"

"姓樊，我從母姓。"

這個回答讓橙橙很詫異，她壓根兒沒想到桔子會從母姓。

"這個姓氏很少見啊！"Pauline眉頭深鎖，"而且妳看起來有點兒眼熟。"

桔子回答這個姓氏的確很少見，朋友中還沒遇見過第二個姓樊的，至於看起來眼熟……她沒遺傳到母親的美貌，反而像父親多一些，應該不會讓人產生錯覺才是。

"妳母親是名人嗎？"橙橙插嘴問。

"她年輕時當過演員，還拿過幾個小獎，生下我後就不再拍戲了。"

母親衝口而出："樊詩雲。"

桔子哈哈大笑，說看來她的母親還小有名氣。

橙橙的年紀只比桔子大一些，她的母親在她出生後便不再拍戲，橙橙當然不可能有印象。

當橙橙追問桔子的母親都拍過哪些電影或電視劇時，自己的母親竟然悄悄走開了。

橙橙不以為意，後來知道噩耗是幾個小時之後的事。她母親把她拉到一旁，告訴她當年自己插足的正是樊詩雲的婚姻，換言之，"橙色男人"是她的生父，桔子是她的妹妹，而羅傑是……

"妳大老遠跑來，就為了和男友做血緣關係鑑定？"女人聽完接著問。

"也是也不是，我還想看看生父的表情，第一表情是騙不了人的。"

"妳不覺得這是給自己添堵嗎？"

如果橙橙和羅傑不是兄妹，橙橙還不覺得有什麼，萬一真的是，添堵的就不會只有橙橙一人。

"即使添堵，我還是要做，死也要死個明白。"橙橙答。

"既然這樣，那麼我幫妳看看。"說完，女人又低頭看杯底的咖啡，一會兒緊皺眉頭，一會兒嘆氣，似乎遇到了瓶頸。

此時"嘎"的一聲傳來，嚇了橙橙一大跳，她以為櫃檯旁的鳥架上站著的是鳥標本。

女人解釋那隻活生生的黑渡鴉是她的助理，名字叫颯耶，不是標本。

話音一落，叫颯耶的鳥忽然張開翅膀在室內盤旋。幾個來回之後，它從青銅大盤裏挑中一個手繩，把它叼到圓桌上。

"謝謝你，颯耶。"女人對它說。

然後鳥兒重新回到鳥架上，再次一動也不動。

接下來女人聚精會神地凝視著手繩，像要將它看穿了似。

"請問……"

"噓～別打擾我工作。"

於是橙橙閉上嘴巴。

"嗡吧匝拉……恐薩滿壓……西地美哉雲雷依……嗡吧匝拉……恐薩滿壓……西地美哉雲雷依……"女人將雙手置於手繩上方，同時反覆吟唱著。

過了好一會兒，女人才停止這個怪異的舉動，然後以篤定的語氣說："羅傑與妳沒有血緣關係。"

"真……真的？"橙橙露出迷惑的表情，"難道他的生父另有其人？"

"問題不在這，而是出在妳母親身上，當年她同時和兩個男人交往。"

橙橙以為再怎麼離譜，做母親的應該不會搞錯孩子的生父才是。

女人表示這究竟是無心之過還是有意為之，已經無需追究，因為沒多大意義了。

老實說，自從噩耗傳來，橙橙想過各種可能性，偏偏沒想過自己的父親可能不是"橙色男人"。如今想追究，的確已經沒意義，畢竟事情都過去那麼久了。

"謝謝！妳真是幫了我一個大忙，不過為保萬無一失，我還是會拉羅傑去做鑑定。"橙橙說。

"隨便妳，信者有，不信則無。"

"對了，我該付妳多少錢？"

"錢乃身外之物，我不要錢，只要妳身上的東西，任何一樣都行。"

既然這樣，橙橙便把腕錶取下。這隻橙色錶帶的石英錶跟著她已有十年之久，當時花了近兩千元人民幣。

橙橙離開後，女人把錶放進胡桃木製的盒子裏，然後轉身回到櫃檯。

第三位客人：桔子

桔子 -1

I

桔子認為作父母的起碼得對孩子的名字負責，那些隨意起的名字簡直可恨至極（好比仙桃、鐵樹、石頭、狗蛋、二呆……等），畢竟名字跟隨人的一生，不得不慎。

她之所以感慨乃因自己有個令人過眼難忘的名字，全國大概挑不出幾個。

"桔子多好，筆畫少又好聽，同時寓意佳，它代表財源滾滾、吉祥如意、團圓美滿，是個好得不能再好的名字。"她的父親樂呵呵地解釋。

"別聽妳父親的，全是鬼扯蛋，他自己喜歡橙色，所以選擇這個名字，我反對也沒用。"她的母親撇清了說。

聽到這個，她不免來氣，既然喜歡"桔子"這個名，何不留給哥哥？凡事都有個先來後到，不是嗎？如果嫌"桔子"太女性化，還有其他選擇，好比南瓜、芒果、柿餅……等等。

她的父親表示他也曾想過給自己的第一個孩子取名薩米（Sammy），希伯來語的意思就是"像太陽一樣的人"（眾所周知，傍晚時的太陽會呈現橙色）。結果自己的老婆當時迷戀上一位叫羅傑的美國演員，非要給自己的兒子取同樣的名字，他也很無奈。

話一答完，她的母親立刻跳出來反對，強調取"羅傑"這個名是夫妻雙方都同意的，沒有誰勉強了誰……

如果你以為這樣"歡快熱鬧"的對話經常有，那就大錯特錯了。大部分的時間裏，這家人不講話，因為男主人忙著外遇，女主人則忙著花錢撒氣，如果不是偶有哥哥相伴，桔子大概會早幾年輕生。

沒錯，桔子已經自殺過數回，有一次甚至都下達病危通知書，結果還是被人從死亡線上給拉回來。

沒死成的處罰便是得面對沒完沒了的審問，這比死還難受。

"妳到底是怎麼想的？家裏為妳創造那麼好的條件，要風得風、要雨得雨，妳還有什麼不滿意的？"她的父親問。

"拜託，別再給我添麻煩了。如果不開心就購物去，一次不成就去兩次，兩次不成就去三次，總會高興起來。"她的母親說。

偏偏桔子就是開心不起來。

她的父母後來一商議，決定送她出國（既然留在國內不會變得更好，何不送到國外？也許換個環境有助轉換心情）。

就這樣，桔子開始過起海外生活。

起初，的確有好轉的跡象，看看帝國大廈、吃吃髒水熱狗、聽聽饒舌音樂、買買各種帶有NY(New York，紐約)的紀念品……好像還滿新鮮有趣的。然而就像在國內一樣，當桔子適應了環境之後，那隻生活中的黑狗便回頭死死咬住她，讓她不得不負重前行。

某個夜裏，當她在床上輾轉反側時，有個聲音告訴她何不就此了結一切？於是她起床，把浴室裏的潔廁劑一仰而盡。如果不是腹痛到在地上打滾，還因此打碎了香薰燈，家裏的阿姨不會被驚醒，並且連夜送她上醫院。

再次沒死成，"惋惜"和"遺憾"已經不足以形容她當下的心情，而最可怕的是她竟然在身體已無大礙的情況下被送往精神病院，不僅衣服、鞋、手機……全上繳，還被迫穿上病號服，果然"非我族類，其心必異"。

" May I ring my lawyer?" 桔子問。

雖然目前她該通知的是遠在國內的父母，但感覺"律師"這個名號一說出來會比較有震懾力，所以還是這麼問了。

男護士表示這個問題得問醫生。

等見上面，桔子才發現這是一位皮膚很白的醫生（比任何一位白人還要白），說話輕聲細語的，像怕一大聲會嚇到病人的樣子。

" May I ring my lawyer?" 桔子一開口就問。

" Why?" 醫生反問。

桔子答住進精神病院踐踏了她的人權，她有權捍衛。

然後醫生問她是否還想自殺？她回答想。

然後醫生再問她想不想聊聊？她回答不想。

結局是她被男護士給帶回房間，直到她想談，才有其他的可能性。

桔子 -2

2

桔子進到房間，發現裏面有兩張床。

" I can't sleep." 一個看起來像印度裔的女人坐在床上對她說。

" Oh! I'm sorry." 桔子答。

然後每隔一段時間，那個女人都會重複同樣的話，後來桔子連"遺憾"都不想說了。

當護士來送餐時，桔子問她能否給室友幾片安眠藥吃？護士答Lola的問題不在睡眠上。

不在睡眠上，那在哪裏？

雖有疑問，但桔子並沒有進一步追問，而是先向Lola伸出友誼之手，問她要不要吃自己盤裏的Sloppy Joe （字面上是"邋遢喬"，其實就是夾著牛肉醬的漢堡） ？

結果室友回覆她的仍是："I can't sleep."

桔子 -3

3

吃完難吃的晚餐，護士問桔子要不要打電話給家人報平安？

桔子想了想，回答：" Yes."

護士讓桔子使用護士站的座機，鈴聲響了又響，另一端依舊無人接聽。

" Maybe your family are asleep. You can call them tomorrow." 護士安慰她。

其實桔子並沒有給遠在中國的父母打電話（害怕又得聽訓），而是打給家裏的阿姨。這個時間點是她上網衝浪的時間，可是她卻沒接聽，讓桔子有了不祥的預感，畢竟會尋短見的僱主總讓人感到害怕

回到房間，Lola又對桔子說：" I can't sleep."

桔子衝口而出：" I can't sleep, either."

沒想到才過了幾分鐘，鼾聲如雷的聲音便傳來，看來今晚桔子很難入眠了。

桔子_4

4

因為失眠，桔子想起很多事，包括她的第一次自殺。現在回想起來還是有點兒荒謬，但當時感覺真沒必要再繼續，連多吸一口氣都是浪費。

"至於嗎？狗死了再買條新的，多大點兒事？妳是怕我不給錢，還是怕市場上再也買不到同樣品種的狗？"她的父親在她獲救後問。

桔子沒回答，只是不斷地流淚。

回到家，桔子赫然看到一模一樣的鬥牛犬。她邊撫摸邊哭泣，哭得聲嘶力竭、肝腸寸斷，她的父親只好把狗送走，從此家裏再也沒養過任何寵物。

桔子之所以情緒失控是因為狗的死亡是她一手造成的，如果當初過馬路時能多留意一些，狗也不致於被車撞。既然死亡已成事實，她就想一命償一命，好緩解內心的壓力……

如果說第一次自殺尚給得出理由，接下來的每一次自殺，桔子都給不了"正當"的理由（這是針對外人而言，對於桔子來說，不僅有理由，理由還相當充份，只是旁人無法理解而已）。

桔子的父親曾說家裏為她創造那麼好的條件，問她還有什麼不滿意？

這是真的，桔子不僅家境優越，人也長得水靈，同時書讀得還不壞。總的來說，排得上金字塔頂端，但條件好不代表就快樂，好比爬上頂峰的人，那種孤獨悲涼的感覺恐怕無人能及。

聽起來很玄乎，但正是這種"世界之大，無人能懂"的心情，一步步將桔子推向痛苦的深淵……

桔子 5

5

隔天吃完早餐沒多久，護士就過來敲門，因為醫生正等著她。

桔子看了一下時間，九點整，她猜今天的第一位就診病人是自己（雖然她不認為自己生病了）。

" Do you want to talk today?" 醫生問，依然輕聲細語。

經過一天的冷靜，桔子決定和醫生談談。她告訴他——自己是世界上多餘的人，有沒有她，這個世界都不會有任何變化，那麼何不多出一口飯、多省一口氣給有需要的人？

醫生問桔子旁人是否也認為她是多出來的那個人？

桔子想了想，回答不知道，可能不是吧？！因為當她融入團體時總表現出積極活潑的一面。

" Why?" 醫生又問。

這個問題不難回答，如果桔子把心晾出來給大家看，她害怕會被貼上標籤，至於是什麼標籤，那不重要，重要的是她不想搞特殊，想和大家一樣……

醫生說既然想和大家一樣，為什麼要自殺？這解決了什麼問題？

桔子答起碼解決了人生的三大問題（我是誰？我從哪裏來？我要去哪裏？），當然，前提是死後也有意識。

醫生沉默了一會兒後，問：" What else?"

" That's all."

結果醫生斷定桔子還有事瞞著，否則不會使用"起碼"這個字眼。

這是頭一回桔子意識到心理醫生也不是吃素的，她的確有事瞞著。

" I don't want to talk about it now." 她答。

" Maybe tomorrow?" 他問。

桔子無力地笑了笑，明天和死亡還不知哪個先到，問這個挺沒意思的，不是嗎？

桔子 - 6

6

桔子進到房間，沒見到老說自己睡不著的室友，倒是見到一名年輕的漂亮女孩，看起來很像泰國人。

" I'm sorry."

說完，桔子退了出去，但很快又重新進入，當看到床頭櫃上的褐色髮圈時，她很篤定自己並沒有走錯房間。

" Hi, I'm Pony." 女孩說。

桔子感到奇怪，竟然有人的名字叫"小馬"？

" I'm Mandarine." 桔子說。

從女孩的面部表情來看，她同樣感到困惑（竟然有人的名字叫"桔子"？）。

桔子問新來的，原來的印度女人到哪裏去了？

Pony回覆不知道，當男護士帶她進來時，裏面空無一人。

講到男護士，這個精神病院的護士男多於女，而戴著名牌的醫生，目前為止只見到男的。

接著Pony問桔子要不要出去逛逛？桔子反問逛哪裏？

" Of course this building." 她答。

桔子其實不想，但拗不過新室友的執著，兩人一起走出房間。

這個精神病院的病房皆不能上鎖（方便工作人員隨時進入查看），所以只要門沒關，桔子都往裏瞧。這一瞧，她看到了跪地不斷膜拜的人和正被護士強迫灌食的人。

這個新發現讓桔子很不安，她沒病，卻和這些明顯有病的人關在一起，豈不意味著自己也有病？

進到活動室後，有個護士走過來，問她們要不要畫畫？

桔子點頭，於是她得到一張A4紙和一盒只有6個顏色的蠟筆。

" I don't like to draw." Pony說完，走到另一張桌子玩紙牌遊戲。

面對潔白的畫紙，桔子一時不知該畫些什麼，這不是她的強項，自己平常也不畫（上一次畫畫還是兩年前，當時她參加學校的詩社，被派去畫宣傳海報）。

由於蠟筆的筆尖相對粗一些，不好畫需要強調細節的圖案，於是桔子決定畫一把手槍，像電影oo7裏出現的一樣。

畫完後，護士把畫收走，說要留給醫生做診斷。桔子頓時有"上大當"的感覺，但也沒怎麼放在心上，因為她料準醫生無法通過一把手槍直達她的內心。

"急急如律令……急急如律令……急急如律令……"

忽然聽到熟悉的鄉音，桔子轉過頭去，發現那是一位年約五十歲的纖瘦大叔，邊唸邊做手勢，如果穿上道袍，應該很有道士的氣場。

那名老鄉看到桔子，很是興奮，問她是什麼時候進來的？

"昨天下午。"桔子答。

"現在是民國幾年？"那人又問。

"我也不清楚是民國幾年，西元幾年倒是知道。"

"告訴妳，現在是民國105年。"

"你知道還問我？"

"我如果不問妳，怎麼知道妳知不知道？"

桔子感覺自己好像跳入一個陷阱內，所以當Pony喊她過去玩紙牌時，她不假思索便起身，好避開那個奇怪的男人。

桔子_下

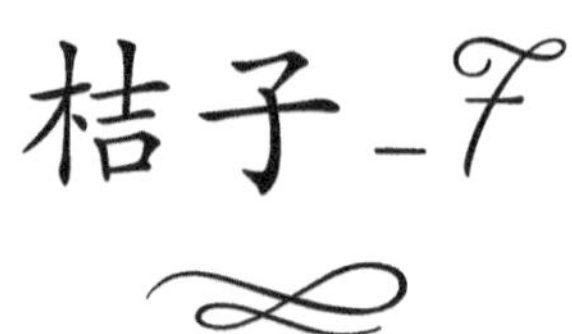

7

Pony問桔子有沒有注意到洗澡水好像生病了？

桔子知道她為什麼這麼問，因為水斷斷續續的，怕是防止有人將自己溺死在洗澡間。

然後Pony問她有沒有溺水過？桔子答沒有，不過不排除以後會有。

" You'd better not. It's a terrible process."

聽她這麼一說，桔子猜她曾想溺死自己，果然被她料中。原來Pony的老公有外遇，還把責任推給她，她氣不過才跳河，結果被河釣的人給救上岸。

桔子問她的老公怎麼說？

" He said I did this on purpose." 她答。

" Oh! I'm sorry."

結果Pony承認她的確是故意的，只是沒想到河水會如此湍急，一下子就將她沖得老遠，如果不是救人者的水性佳，她大概會弄假成真。

“How about you?” 話鋒一轉，Pony問桔子為什麼自殺。

桔子答原因尚在進行中，她還沒有準備好告訴任何人。

這是真的，往後幾天，不論是經驗分享課、牧師聽懺、與醫生談話，甚至平常的閒聊，桔子不是守口如瓶就是顧左右而言他。反觀Pony，她恨不得把每件事都拿出來說，包括她原來是一名性工作者，她老公是她的恩客之一，外表很斯文儒雅，跟他的教師職業匹配得上，但那人的性慾太強，花樣又多，讓她很吃不消。還有還有，她嫁他是為了綠卡和錢，眼看這兩樣都要不保，能不急嗎？她希望病友們給她出出主意，總不能空手而回吧？！

沒想到還真有人給她出主意，教她如何利用法律漏洞得以合法留在美國。

桔子心想如果自己是精神科醫生，首先就拒收Pony，這種人像一灘清水，連壞心思都一目瞭然，怎麼可能有心理疾病？

果不其然，兩天後醫院就宣佈Pony可以出院。臨走前，桔子問她是不是直接回家？她答當然，除了老公，目前她無人可投靠。

這個“目前”聽起來寓意深遠。

“Good luck!” 桔子對她說。

Pony回贈她一個飛吻，然後很瀟灑地走了。

桔子 _8

8

Pony走後，一時無人搬進來，桔子突然有了孤獨感。雖然每隔一段時間，護士都會進來點名（大概查看病患有沒有自殺），桔子還是有天地間突然被按下暫停鍵的感覺。還好傍晚時分，她終於有了訪客。

"本來帶了堅果巧克力給妳，結果醫院不讓帶。"羅傑頗為惋惜地說。

"沒事，反正我不愛吃。"

"那妳……"

從哥哥驚訝的表情，桔子想到幾年前她曾偷吃他的巧克力（那是他的女友文芳送的），兩人還因此起了齟齬。

"我只是想知道牛奶巧克力裏會不會有堅果。"桔子解釋。

"盒子上明明標註著牛奶巧克力。"

“所以我才想知道會不會有，早知道沒有，我就不需要一個
個試吃了。”

羅傑說他不是介意桔子吃，而是介意她明知道裏面有堅果的
機率極低，卻仍一意孤行，而且咬一口就扔，未免暴殄天
物，那可是有“巧克力界愛馬仕”之稱的Pierre Marcolini呀！

桔子覺得可笑，他們兄妹倆在精神病院裏爭論極具煙火氣息
的巧克力，這不挺奇怪的？

“你怎麼知道我在這裏？”桔子忽然想起這個重要的問題。

“阿姨說她不做了，讓我把賬結一結，我才知道妳住院了。”

“爸媽知道嗎？”

“我沒說，想悄悄把事解決了。”羅傑停頓了一下，“要我
說，妳的問題就出在太較真了，把心放寬點兒，沒有什
麼過不去的。”

桔子記得曾看過一篇報導，說的是“快樂因子”，有的人有極
為活躍的快樂因子，有的人則相對緩慢。桔子認為她的快樂
因子大概全原地趴下了，所以她一點兒也快樂不起來，但講
這些，旁人是不會懂的，果然……

“如果快樂不起來，就找人聊聊天或者看看書，很快就會重
新快樂起來。”羅傑說。

他果然不懂她。

桔子思考了一下，決定不再掙扎，就按哥哥的思路走吧！

“好的，待會兒我就試著快樂起來。”她答。

羅傑走後，桔子回到房間，一個人默默流淚到天亮。

9

隔天吃完索然無味的早餐，護士照例給了桔子一粒藍白色膠囊，像前幾天一樣。

"What's this?" 桔子決定問個明白。

護士答那是能讓她減少憂鬱的東西。

難怪最近桔子老昏昏沉沉，記憶力也大不如前，原來是這玩意兒搞的鬼。

直到親眼目睹桔子把藥服下，護士才轉身。

"Excuse me." 桔子喊住她，"May I have a packet of crisps?"

護士反問："Are you still hungry?"

打從進到精神病院，桔子就沒吃飽過。雖然這裏供應三餐外加上午茶及下午茶，但東西很難下嚥，隨便找個中國人都能做出美味一百倍的食物來。

"Yes, I'm still hungry." 桔子答。

然後護士帶桔子到廚房間，那裏有一排上了鎖的櫃子。護士打開其中一個櫃子，裏面全是零食。

拿到想要的薯片，桔子開心地走進活動室，發現每個人都盯著她瞧。等她坐下來開吃，那種被人關注的不舒適感越來越強烈。

於是桔子問病友們想不想吃？結果他們一湧而上，薯片頃刻間化為烏有。她只好再度跟護士要，得到的答覆是每人每天最多能有一包零食，再多沒有。

誰能想到向來不虞匱乏的桔子，有一天也會為了一包薯片耿耿於懷？這也太……太諷刺了吧？！

離開護士站，桔子發現一個"有點兒"眼熟的年輕男孩正尾隨自己。

"What?" 桔子停下腳步問。

男孩問她是不是想吃薯片？他可以分她吃。

桔子答不用了，她沒那麼想吃。

結果男孩當著她的面將薯片外包裝撕開，然後咔呲咔呲地咬起來。老實說，那包薯片在桔子眼中瞬間被放大好幾倍，她甚至願意花千百倍的價錢買它。

"Try it." 男孩遞過來一片黃澄澄的薯片，它像黃金一樣燦爛。

桔子吃了一片，男孩又遞過來第二片，等吃完第二片，緊接著又是第三片。

當薯片全被吃光時，桔子對男孩說——明天他可以吃她的薯片（藉以回報他的慷慨）。

男孩笑了笑，回答明天他就不在了，吃不到桔子給的薯片。

桔子心想這才剛熟悉起來，怎麼男孩就要出院了？不過出院
是好事（對某些人來說），所以桔子祝福他，還說他是幸運
男孩。

“ Yes, I'm lucky.” 他答。

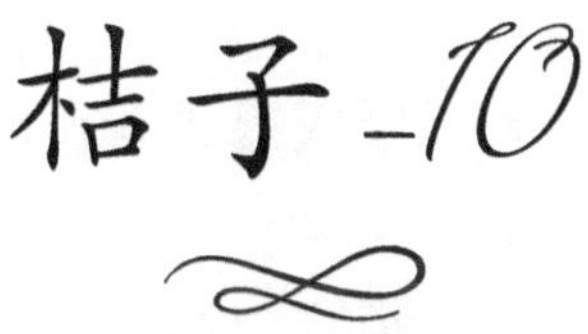

10

精神病院裏住的想當然爾都是有精神疾病的人，桔子從沒想過自殺者也會住進來，她認為這是兩個不同的群體。

由於病患中有這種潛在的危險份子，桔子注意到醫院至少做了兩件事來預防，一是斷了自殺的念頭；二是儘可能地提高自殺的難度。

講到第一項，首先便是吃藥，它讓鑽牛角尖直接沒了動力；其次是做一些活動安排，譬如牧師講道或者讓曾經康復的病人講講自己的心路歷程，再有就是心理治療。剛開始，桔子不明白心理治療師和精神科醫生的差別，慢慢才摸索出來（前者多選用心理療法，後者多用藥物或物理治療）。

至於第二項，只要眼不瞎，都能看出醫院所做的努力，好比所有物品都"塑料化"（包括碗、盤、刀叉、水杯等），還有，牙刷只有短柄的，鞋子不能有鞋帶，毛巾用的是小方巾……這一切的一切都在防止病患自殺，加上每隔一段時間的點名，可說是做足了功夫。

所以當桔子聽到昨天的薯片男孩自殺成功時，立馬原地石化
。

桔子的第一個疑問是Why，第二個疑問是How。

有關為什麼自殺，男孩曾在分享課裏提到自己有嚴重的學習
壓力，其他成謎。至於第二個疑問，那就詳盡許多，男孩的
室友說他把身上的病號服撕成條狀繫在窗簾杆上，吊死的死
狀還算安詳。

這個打擊無疑是巨大的（原來男孩說"我明天就不在了"是這
個意思），桔子再次陷入壞情緒的漩渦內，無法自拔。

桔子 _11

11

桔子本來想靜靜地待在房間裏消化低落的情緒，結果來了一位呱噪的室友，動不動就髒話連篇。她受不了，只好躲到活動室裏。

當她全神貫注地作畫時，一位病友走過來，把她的蠟筆全塞進嘴裏，一根不剩。

"Are you sick?" 桔子氣得罵人。

她的聲音招來護士，結果"偷食者"被強行拉走，那樣子像是上刑場。

"他被拉去洗胃了。"像道士的怪叔叔說。

"為什麼？"

"蠟筆裏有鉛，一根還不礙事，吃多了會中毒。"

"他為什麼要吃蠟筆？"

"大概想自殺。"

桔子第一次聽說吃蠟筆也能自殺，相形之下，液體毒物顯得"可口且快速"多了。

沒了蠟筆，桔子即使想畫也畫不了，加上怪叔叔一時沒走開的意思，她遂無話找話，問他是怎麼進來的？

"我一喝酒就會做出很衝動的事，結果被家人給送進來。"他答。

"很衝動的事？"

"嗯！拿刀砍人。"

怪叔叔答完，做出砍人的動作。

"這麼說，你永遠也出不去？"桔子問。

"這要看醫生怎麼判定，如果他認為我痊癒了，出院是分分鐘的事，問題是我還沒想好要不要出院。"

看桔子流露出不解的表情，怪叔叔進一步解釋："一走出醫院，每個人對我都有要求，但待在裏面，不僅有吃有喝，做再奇怪的事也沒人說什麼，那麼又何必出院？這沒多大意義，不是嗎？"

桔子以為待在精神病院裏的每個病人都想出院，尤其院裏的伙食這樣差，作息時間還固定，像在坐監或服兵役。

"妳想出去嗎？"怪叔叔問桔子。

"想。"

"這簡單！當醫生問妳想不想自殺？妳答不想，而且表現出積極樂觀的一面，很快就能出院，因為這裏的工作人員也希望病人趕緊走，好減輕工作量。"

怪叔叔不說，桔子其實也知道如何取悅醫生，問題是她也沒想好要不要"現在"出院，因為她能感覺到那條無形的黑狗依然死死咬住她。

"謝謝！"桔子起身，"我去做禱告，你來不來？"

怪叔叔果然答不（如同她所料），於是桔子頭也不回地離開活動室。

"謝謝！"桔子起身，"我去做禱告，你來不來？"

怪叔叔果然答不（如同她所料），於是桔子頭也不回地離開活動室。

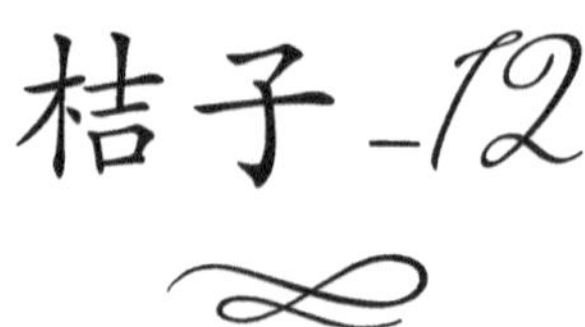

12

桔子不是教徒，她也不認為做禱告會有任何用處，之所以這麼說是為了結束談話，可是當她回到自己的房間時，室友又開始Fuck這個，Fuck那個，桔子決定還是到禱告室找清淨。

病院裏的禱告室很小，只有兩排椅子。當看到前排已經坐著一個男人時，桔子選擇坐在後排，由於靠得近，那男人的禱告詞一字不漏地全傳進她的耳朵裏。

"......Amen."

聽到男人喊阿門，桔子下意識也喊阿門，忘了這不是牧師在行禱告詞。

那男人因此轉過頭來，桔子害怕極了，可是當眼神交會後，她的感覺驟然改變，換來的是小鹿亂撞。

"I......"

桔子還沒表達歉意，那人便回過頭去，緊接著快速離開。

" I'm sorry." 桔子對著十字架上的耶穌說，心卻繫在那個男人身上，整個人恍恍惚惚的。

後來桔子在醫院裏又碰見他幾回，那個好看的男人似乎不記得她了，這讓桔子很受挫（她自認自己長得不差，沒有90分，起碼也有80分，可是男人的無視直接宣告她不及格，還有比這個更加殘酷的事嗎？）。

幾天後，桔子在分享課上又見到那個男人，由於他是首次參加，主持人要他做自我介紹，桔子這才知道他是一名大提琴家，來自克羅地亞，在演奏會開始前被莫名其妙地送進來。

" What did you do?" 主持人問。

他回答什麼也沒做。

主持人沉默一會兒後，轉問其他人有沒有要分享的？

桔子緩緩地舉起手來，主持人露出笑容，因為桔子很少發言。

" I think I'm a coward." 桔子說。

" Why do you think so?"

" Because ......I'm a coward."

這個回答引來闔堂大笑，主持人忙打圓場，他說每個人在某個時間段、某個場合裏，都有可能是懦夫。

話甫歇，大提琴家鼓掌。

" What's your name?" 主持人突然想起忘了問新成員的姓名。

" Nick. My name is Nick." 他答。

桔子-13

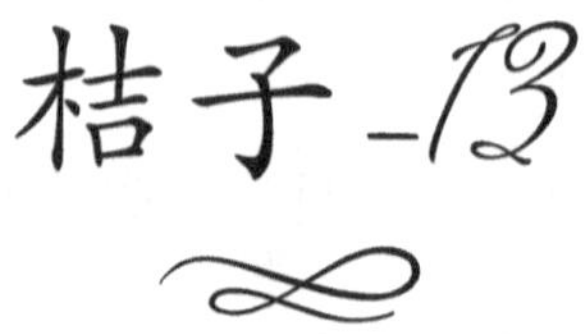

13

母親曾對桔子說：" 妳得的是富貴病，生活太安逸才會無病呻吟。"

桔子不苟同，這跟安不安逸無關，反倒跟生活有沒有重心有關，她的人生失重了，所以像遊魂一樣地飄著。如今不一樣，Nick好似有某種魔力，他讓她重新又站在地面上，這是個好現象，不是嗎？

" Do you still feel suicidal?" 醫生問桔子。

" Yes."

這是"生病"以來桔子首次不想死（至少目前是這個狀態），但如果回答No，她害怕醫生會讓她出院，如此一來，她便再也看不到Nick了。

當桔子的室友換上一個有點兒孩子氣的中年婦女時，她對Nick的偷窺和跟蹤已經相當嚴重，他向東，她也向東；他向西，她便跟著向西。若說兩人因此有了交集，好像也不是，他們不說話，連眼神交會也沒有。

說白了，桔子在Nick面前就是一個膽小鬼，她不敢和他交流，能做的只有默默觀察，然後將他的一舉一動印在腦海裏，等就寢時再一一拿出來倒帶重播，給一天的結束畫上一個圓滿的句號。

所以當某天看不到Nick時，桔子像隻無頭蒼蠅，終日惴惴不安。她很擔心Nick病了，在他的房間外走來走去。

"May I help you?" 剛從房間內走出來的護士問她。

桔子本來答No，後來更改為Yes，因為她太想知道Nick是不是在房內？他還好嗎？有沒有生病？

結果護士給了她一個壞消息——Nick出院了。

這下子該怎麼辦？

還好這個問題並沒有困擾桔子很久，事情明擺著，唯有跟著出院，她才有可能再次見到他。

為了通過醫生那一關，當晚桔子做了沙盤演練，直到確認萬無一失為止。

14

醫生很滿意桔子的改變，但沒當場下決定。桔子心裏著急，但也不好表現得太激進。

幾天後，一紙出院通知書傳來，桔子即刻打包。這裏的伙食太糟糕，她恨不得馬上驅車到唐人街打牙祭。

吃完北京烤鴨回到家，桔子做的第一件事便是上網尋找Nick，當發現這個男人會把演奏視頻發在YouTube上時，她興奮極了。毫無疑問，桔子立即成為Nick的忠實粉絲，不光每個視頻都點贊，而且認真評論，一旦遇到黑粉，她便像母雞護衛小雞一樣，直到對方舉白旗為止。

桔子_15

15

說也奇怪，自從戀上Nick，桔子不再老想著了結性命，反而想活得久一點兒，好和Nick白頭偕老（當然，這是她單方面的想法）。

桔子的父母並不清楚女兒的狀況正在轉好，只是忽聞她曾因自殺而住進精神病院（羅傑不小心說漏嘴），急得跳腳。在他們看來，入院記錄反而比自殺行為來得嚴重，畢竟前者已經蓋章認證，而後者只要一口咬定沒有，旁人也不好說什麼。

"桔子，馬上回國！"她的父親在電話中下令。

"為什麼？"

"妳已經進過瘋人院一次，如果二進宮，在美國華人圈裏還有一席之地嗎？萬一傳回國內，我們還能活嗎？"

桔子覺得好笑，這裏誰認識誰？就算認識，偶發情緒病也不是世界末日，值得如此大驚小怪？然而她的父母卻不這麼想，不僅耳提面命，還下了最後通牒——如果月底前不回國，她的信用卡就會被咔擦掉。

桔子沒有上過一天班（她甚至沒寫過履歷），當然不會明白"一元逼死英雄好漢"的嚴重性，直到信用卡真的被咔嚓掉，她才第一次有了危機感。

"我回來就是，你趕緊把我的信用卡恢復正常。"她在電話裏對父親說。

就這樣，桔子又回到國內。

桔子_16

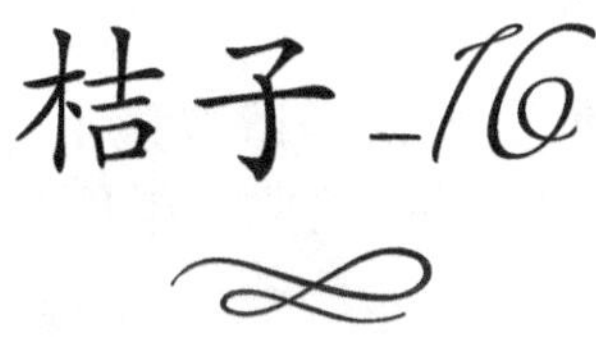

16

國內枯燥乏味的生活再次讓桔子看不到未來，在此情況下，她把自己交給一個男人，讓美妙的旋律帶她遠離世俗的束縛與喧囂。沒錯，現在的桔子時不時得從Nick的音樂視頻中找安慰，幻想他正與她對話，告訴她生活還有希望，而他一直在等她，未曾放棄……

某天，桔子意外得知Nick將在家鄉的聖誕節音樂會上露臉，她高興壞了，但隨之而來的現實問題是她被軟禁在家，連出門跑步也有傭人跟著。

思前想後，桔子決定抓夥伴以壯聲勢。

"爸，你去過摩納哥的賭場嗎？"難得父親在家，她趕緊揪住他。

"去過。"

"我沒去過，你帶我開開眼界吧！"

桔子如此問是看準自己的父親就是個不折不扣的大賭徒，而
世界四大賭城（澳門、摩納哥、大西洋城、拉斯維加斯）
中，摩納哥的蒙特卡洛大賭場最靠近克羅地亞，所以桔子打
算從它入手，只要能出國，其他再想辦法解決。

父親並沒有當場表態。

幾天後，桔子舊話重提，只是這次拉上哥哥羅傑，說兩人想
去聽音樂會，地點就在克羅地亞，離摩納哥"不遠"。

"有這回事嗎？"父親問兒子。

羅傑看了一眼妹妹，無奈答是。

"既然這樣，那麼我們全家一起到摩納哥度假吧！"父親說。

這個"全家"後來少了兩個人，原因是母親突然覺得到北海道
滑雪比玩老虎機有意思多了，而哥哥羅傑則有重要的事待辦
（不過他承諾會趕在音樂會開始前出現）。

就這樣，桔子和父親飛往摩納哥，當晚入住巴黎大酒店，離
賭場的直線距離只有30米。

桔子 _17

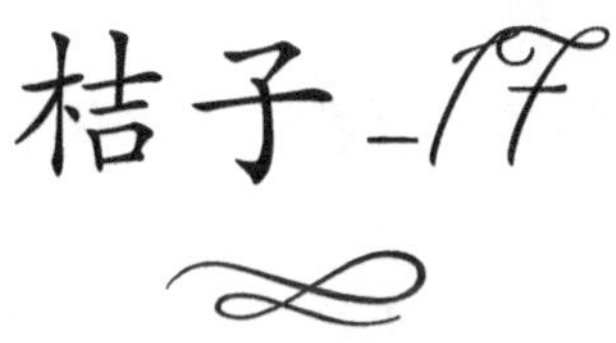

17

離音樂會尚有幾天，桔子只能暫時在摩納哥待著。她父親倒好，至少還有個賭場能消磨時光，桔子不一樣，她生平最討厭醉生夢死的腐敗氣息，今天跟著父親去過一次後，厭惡感更加深了（不過從腐敗氣息中還是讓她聞到了百合的香味，不明白那樣的出水芙蓉為什麼會出現在賭場裏？）。

傍晚，桔子拉賭紅眼的父親出去吃飯。

"等等，我就快翻盤了。"她的父親說。

"你已經輸掉一輛邁巴赫，再待下去，很快賓利也會不保。"

"呸呸呸！怎麼沒一句好話？"

"我這是在救你，出外沾沾喜氣再殺回來，包管贏的錢能買艘航空母艦。"

她的父親找不到話反駁，只好跟著她一起走出賭場。

蒙特卡洛大賭場的左側是巴黎大酒店，裏面有三間餐廳，其中路易十五為米其林三星餐廳；右側則是巴黎咖啡館，除了飲品和甜點一絕外，聽說他家的法國菜和海鮮也做得好。

桔子的父親要她從中任選一家，吃完他好回賭場把航空母艦給贏回來。

" Boring. " 桔子感嘆一聲，" 我們就非得在賭場附近吃飯不可嗎？"

為了讓桔子不Boring，她的父親陪她走了五條街，直到有鋼琴聲傳來。

" 就吃這一家。" 桔子說。

她的父親當然依了她，只是萬萬沒想到鋼琴演奏者跟賭場內的"百合香味"荷官會是同一人。

這個發現很出人意料，桔子立即叫了杯橙汁讓服務員送過去。

東西一吃完，桔子的父親趕回賭場，她則點了杯咖啡，邊聽音樂邊等著。

當演奏結束時，桔子走向那個女人，說：" 妳終於彈完了，我們找家酒吧喝酒去！"

" 對不起，我得回家了。"

" 現在才十點。"

" 我住在尼斯鄉間，離這裏起碼有40公里。"

桔子說她沒去過尼斯鄉間，剛好開開眼界。

女人反問她是否向來都這麼信任人？

" 能把《克羅地亞狂想曲》彈得這麼好的人，又怎麼可能是壞人？"桔子答。

" 我看......下回再說吧！抱歉，我得趕火車了。"

這個懷著戒心的女人叫橙橙，後來跟桔子一起到克羅地亞聽音樂會。

當桔子聽完音樂會回到國內，她開始聞到不尋常的味道，對象直指橙橙，她決定測試一下。

"告訴妳，Nick 將在五月份舉辦今年的第一場個人演奏會，地點就在克羅地亞的首都薩格勒布。" 桔子對橙橙說。

"是嗎？我的工作排得很滿，到時可能去不了。"

然而四月底時，橙橙還是告訴桔子她也會去聽音樂會。

摩納哥沒有自己的機場（供直升機起降的機場倒是有的），代表橙橙得從尼斯乘坐飛機，加上酒店錢，這一來一往，兩千歐元沒了。再後來，桔子得知橙橙買的竟然是第一排的位子，與自己的座位相隔不遠，這加劇她的猜疑心，因為橙橙的收入不高，這樣大手筆地消費又是為了什麼？

"太好了，我正好有個驚喜給妳。" 桔子說。

"什麼驚喜？" 橙橙問。

"到時候妳就知道了。"

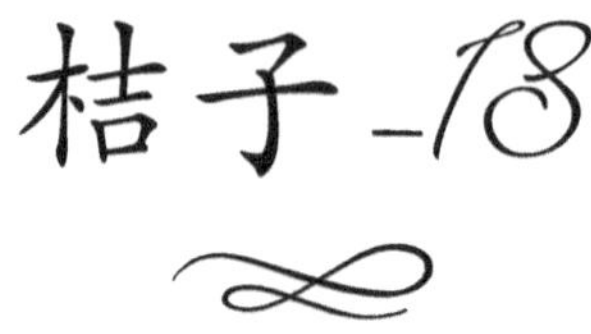# 桔子_18

18

自從YouTube推出一項名為"超級聊天"（Super Chat）的新功能後，桔子展開了砸錢的工作。次數一多，連Nick也注意到了，他主動向桔子問好，這讓她興奮了好久。

話說五月份舉辦的個人演奏會還是Nick通過"超級聊天"主動告訴桔子的，她當然不會錯過，尤其兩人還約了見面（就在演奏會結束後），怎麼看都是好的開始，可是桔子卻不吝讓橙橙加入，為的就是發現"真相"。

轉眼到了Nick開演奏會的日子，桔子的哥哥再次幫忙，使得這次的行程能順利成行。

在下榻的酒店辦好入住手續後，兄妹倆上街溜達。

這個古老的南歐城市給桔子的第一印象是到處充滿了文藝與生活氣息，沒有高樓大廈，也少有車水馬龍，取而代之的是滿街的咖啡館、畫廊和壁畫，讓人差點兒忘了它是一國之都。

參觀完位於山上老城區的聖馬可教堂後，桔子和哥哥走向山下新城的聖母昇天大教堂。網上說這個地標式建築好像永遠在修繕，桔子以為自己的運氣會好一些，沒想到仍是謝絕參觀，以致只能站在教堂前瞻仰它的兩座哥特式尖塔和金色的聖母瑪利亞紀念柱。

當時間接近下午五點時，桔子拉著哥哥往修道院的方向走去
，因為她約橙橙在那裏碰面，吃完晚飯再一起去聽演奏會，
這不挺好的？

桔子 -20

20

去年年底，橙橙穿著一件秋冬款的橙色連衣裙參加聖誕節音樂會，當時的室外溫度約十幾度；現在是五月天，薩格勒布已經有了夏天的樣子，換言之，橙色連衣裙過於厚重，於是她改穿兩截式的藍白棉麻套裝，自有一股清新的氣息。

"橙橙，"桔子跑過來擁抱她，"好久不見，想死妳了。"

橙橙是內斂型，很少顯露出自己的內心情感，當然更不可能說"想死妳了"之類的肉麻話，但她不介意別人說。

"嘻！我哥也想死妳了，所以巴巴地趕來。"桔子補上一句。

"別聽我妹胡扯，"羅傑衝口而出，"我是被她強拉來的。"

橙橙想起桔子曾說過的驚喜，莫非指的是羅傑也會一起來？

桔子聽完愣了一下，表示沒想過這個，經她一提起，這的確是個驚喜啊！

他們三人後來一商議，決定晚餐吃地中海菜（所謂的地中海菜就是把環繞地中海的歐洲菜系全集合起來，特點是利用橄欖油烹煮），。

來到像極了宜家大賣場的簡約餐廳後，他們點了黑松露意麵、海鮮燴飯、香煎鵝肝配梨醬、吞拿魚排、紅酒燉羊肉、生魚塔塔等，算是把法國菜、意大利菜、西班牙菜和希臘菜全一網打盡。

席間，桔子告訴橙橙她和哥哥會待在歐洲一個月，這是羅傑難得的年假，而她本人是不工作的，一年365天，天天都是假期。

"真好，不像我，後天一早就得返回尼斯。"橙橙洩氣地說。

於是羅傑問她是不是在尼斯工作？橙橙答不是，然後桔子自動填補缺失的部分，包括她在蒙特卡洛大賭場工作，晚上還要到餐廳彈琴，住在鄉間小屋裏，把日子過得像詩一樣美麗……

這聽起來很諷刺，但看到那張無邪的笑臉，橙橙寧願相信這是一位不食人間煙火的公主所做的不切實際聯想。

"我爸很喜歡賭，"羅傑把賭的話題延伸下去，"不只在賭場裏，生活中和工作上也是，這讓他的家人過得很辛苦。"

橙橙想起自己的母親Pauline，她也是賭徒（雖然曾經欠下賭債，但這個部分的比例不高，她更熱衷賭男人，偏偏直到目前為止也沒開出個同花順）。

"也不是每個人都有那個資本去賭。話說回來，雖然我在賭場工作，但對那個玩意兒完全不感興趣，甚至沒買過一張彩票。"橙橙答。

話一說完，那對兄妹相視而笑。

"What?"橙橙問。

"來之前，我爸提醒我們買彩票，因為Euromillions的獎池已經累積了近一億歐元。"

一億歐元約等於八億元人民幣，這個數字對起早貪黑求溫飽
的人而言無異天方夜譚。

"那麼祝你們早日中大獎。" 橙橙說。

桔子-21

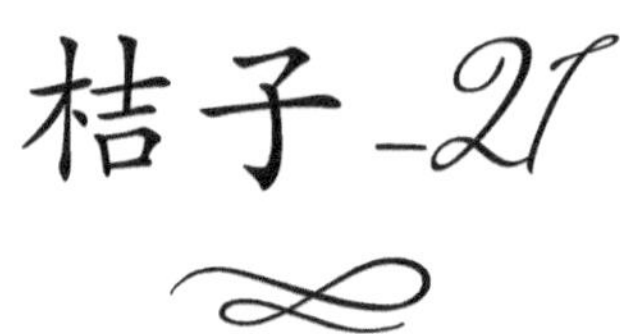

21

近半年沒和Nick面對面，他的帥氣不減，全身散發出一種微妙的氣息。這種氣息像金風送爽，又像丹桂飄香，更像縷縷書香………

"啊！如果我能時刻擁有該有多好。"桔子邊聆聽美妙的樂章邊遐想，但感覺越來越不對勁，因為Nick只注視著臺下的某個點。

她轉頭望去，沒錯，Nick的目光落在那個身穿藍白棉麻套裝的女人身上。霎那間，桔子的心跌落至谷底，彷彿心愛的娃娃被人搶走了似。

演奏會結束後，Nick從後臺出來謝幕了三次，但觀眾的熱情未減，他不得不坐下來拉一首短曲以謝觀眾，這才成功脫身。

當觀眾像退潮的海水一樣散去時，一條藍白色的魚向桔子游來。

“太好了，不是嗎？”橙橙對桔子說。

“是的，尤其今晚Nick直盯著妳瞧。”

任誰都聽得出話裏的酸味，橙橙不傻，她當然也聽出來了。

“我累了，先回酒店去。”橙橙說。

“不許走，我還沒給妳驚喜呢！”

“什麼驚喜？”

“我和Nick約了見面，妳也一起來。”

橙橙一時目瞪口呆，這真是個大驚喜！

“妳們去吧！”羅傑忽然插嘴，“我跟Nick完全不熟。”

“不行，你和橙橙都得去。”桔子停頓了一下，“我說了你倆會去。”

這個回答怪怪的，但橙橙沒多想，一門心思在即將到來的會面上。多少的夜裏，Nick用琴聲撫慰她，他是她的心靈雞湯，也是詩和遠方。

桔子 -22

22

見面的地點約在酒吧。

這個酒吧挺神祕的，是在一個小院的半地下室裏，有一扇厚重且滄桑的雕花木門。推開後，青灰色的石牆和拱頂迎面而來，配合著昏暗的燈光和極富考究的裝飾，顯得既幽靜又有情調，然而隨之而來的人聲鼎沸外加人手一菸，立刻又將人從天堂拉回人間。

他們三人坐下後不久，Nick才加入。他先為遲到致歉，接著對橙橙說："You seem different tonight."

橙橙問哪裏不一樣？他答沒那麼橙色（顯然，Nick還記得去年的聖誕節音樂會上橙橙穿了一件橙色連衣裙）。

話甫歇，羅傑哈哈大笑，橙橙莞爾，桔子則顯得有些不安（她身上穿著橙色馬甲，是今年流行的顏色和款式）。

此時服務員走過來問他們想喝點兒什麼？

身為當地人的Nick毛遂自薦代勞，在座三人均無異議。

飲品上來後，才發現他替兩個女生點的是度數不高的甜酒（分別是紅色的TERANINO和黃色的MEDICA。桔子拿走了紅色，橙橙只能喝黃色的）。至於兩個大男生，他們喝的是冰啤。

交談過後，外表冷峻的Nick開始豐富起來。別看他在視頻中時而嚴肅，時而深情款款，眼前的他卻非常活潑幽默，話也多，妥妥的人來熟。這可不，當隔壁桌的金髮女郎提起要到美國工作，他立刻舉杯祝她一路順風……

趁著氣氛正好，橙橙問Nick是怎麼認識桔子的？

有關這個部分，桔子一直語焉不詳，也難怪橙橙會轉問另一方。

當桔子想轉移話題時，Nick卻搶先一步回答，原來他倆是在超級聊天（Super Chat）上認識的，因為桔子瘋狂砸錢。

橙橙心想："我還以為他倆認識的時間早於去年年底的聖誕節音樂會，原來那時他們並不認識。"

桔子想的就更多了，原來Nick完全不記得精神病院的那一段。雖然那時他的精神渙散，對什麼都提不起勁的樣子，但好歹有過數面之緣，怎麼可能一點兒印象也無？看來只有一種可能性，那就是桔子太不出色了，以致他完全想不起來。再看眼前的這場"粉絲見面會"，雖然是桔子發起的，但Nick明顯對橙橙比較熱情，這讓桔子心碎了一地。

當橙橙喝光MEDICA後，Nick又為她叫了別的酒，同時問桔子想不想也試試？

" No, thanks. I want to go back to the hotel." 桔子故意說。

哪知Nick連禮貌性的挽留都沒有，還是自己的哥哥伸出援手，表示要陪著一起回去。

"妳要不要也一起走？"羅傑問橙橙。

橙橙考慮了一下才點頭。

這下子Nick不高興了，他才剛為她點了酒。

橙橙解釋自己害怕獨自走夜路，Nick幾度欲言又止（桔子好害怕他會藉故留住橙橙），最後還是放手。

由於三人分住兩家酒店，按照距離的遠近，羅傑先送妹妹回去，再送橙橙。

到了橙橙的酒店門口時，羅傑問她明天有什麼節目安排？

"沒安排，大概四處逛逛。"

"明天我會到TKALCICEVA大街上覓食，如果不介意，一起吃個早餐如何？"

TKALCICEVA大街是薩格勒布的一條老街，兩旁有鱗次櫛比的商店和餐館。

"我怕我會睡過頭。"

"如果妳給我手機號，我負責叫妳起床。"

"沒辦漫遊。"

"加微信也行。"

於是他們互加微信好友。

"這下子我不能睡懶覺，妳也是。"他說。

橙橙笑了笑，對他揮揮手，然後走進酒店......

桔子 -23

23

直到15世紀中葉，"Breakfast"（早餐）一詞才出現，意思是"break a fasting period of night"（打破沒有進食的夜晚）。顯然，對於連續幾小時沒有攝入能量的身體來說，享用一頓豐富且營養的早餐有多麼重要。

雖然世界各地的早餐各有不同，但歐式早餐倒挺制式的（不外麵包加飲料），所以當羅傑問橙橙想吃什麼時，她答隨便，反正大同小異。

東西端上來後，橙橙笑了，這比她想像的要豐盛許多，不僅有形狀各異的麵包和幾款不同的飲料，還有起司及各類煙燻肉品。

"這讓我想起凍肉三明治。"橙橙說。

"那麼我換成英式早餐好了。"

"別，我沒那麼難侍候。"

正吃著早餐，羅傑的手機響了，他快速而簡短地結束談話。

一掛上手機，他馬上解釋是他妹打來的。

"她……還好吧？！"橙橙問。

"不太好……很不好。"

"為什麼？"

"因為……"羅傑停頓了一下，"吃完再說吧！"

"為什麼？"

"怕妳聽完就吃不下去了。"

由於羅傑是帶笑說，橙橙不知道其中真實的成份有多少。

"你……們打算在薩格勒布待多久？"她接著問。

"我應該很快會離開，年假只有一個月，想多看看多走走。我妹就不清楚了，她有自己的計劃。"

因為這個回答，橙橙把去過的歐洲景點一一告訴羅傑。

"如果妳能當我的導遊就好了，我可以少走很多彎路。"

"不行，因為……"

"我知道，妳在賭場工作，還在餐廳彈琴，一個人打兩份工，夠辛苦的，應該有人照顧妳才是。"

羅傑不說還好，一說，橙橙的眼睛熱了起來。是的，她應該被照顧，也渴望被照顧，但一直無法如願，向來都是自己照顧自己……

"對不起，我好像說錯話了。"羅傑說。

"沒事，"橙橙眨一眨眼，把淚水給逼回去，"獨身的好處就是沒有牽掛，畢竟愛一個人很辛苦，付出一百未必有十分的回報。"

她說的是Nick，過去幾個月，她全心全意地愛他，但他完全不知情（至少目前看來就是一般的朋友關係）。

也不知是哪句話觸碰到羅傑的敏感神經，他顯得有些侷促。

"你怎麼了？"橙橙問。

"妳的話讓我想起我妹。"

"你妹怎麼了？"

羅傑沒回答，反而問她吃完了沒？

"吃完了，你趕緊說。"橙橙催促著。

結果等羅傑把長故事說完，橙橙感覺自己的五臟六腑全沸騰起來。

"妳怎麼了？"現在換羅傑問她。

"我想吐。"

話一落音，橙橙真的吐了，把剛下肚的早餐全吐了出來，其狼狽可見一斑。

桔子 - 24

24

與橙橙吃過早餐後，羅傑回到酒店。

"我以為不過午你是不會回來的。"桔子說。

"橙橙吐了，她趕著回她的酒店換衣服，所以我回來了。"

事實上，羅傑只回答了一半，另一半則是他害怕妹妹又尋短見，趕緊回來查看。

"吐了？為什麼？"桔子問。

"大概腸胃不舒服。妳呢？吃了沒？"

昨晚從酒吧回來後，桔子只喝了水，但她一點兒也不想進食。

"沒食慾，不想吃。"她答。

"妳不會想餓死自己吧？！那得花好幾天的工夫，還是換別種死法。"

「有你這樣的哥哥嗎？竟然巴不得自己的妹妹快死。」

如果這個世界上有人不希望桔子死，那一定有羅傑，她是他鍾愛的妹妹，所以才會不惜做出小人行徑——把妹妹的隱私告訴橙橙，好讓她主動退出。

「我是怕妳死在這裏，我還得幫著善後，白白浪費得來不易的年假。」

桔子心想哥哥真不了解她，要死她也不會死在Nick的家鄉（雖然戀情告吹，但不表示桔子想破壞自己在Nick心目中的形象）。

「放心，我一定不會死在這裏，你可以遨遊四海去。」桔子答。

話已經說得明明白白，但羅傑還是時刻盯著桔子，讓她芒刺在背，還好兩天後消息傳來，桔子決定到聖托里尼島。

「妳為什麼要到那裏去？」羅傑問。

「Nick飛到那裏錄視頻，我想跟過去瞧瞧。」

「他告訴妳的？」

「不是。」桔子停頓了一下，「是橙橙告訴我的，她還說Nick後天下午會在Firostefani海灘拍攝。」

聽妹妹這麼一答，羅傑忽然心疼起橙橙，這是一位多麼善良的姑娘呀！

「要不要我陪妳一起去？」羅傑問。

「免了吧！你守得了我一時，能守住我一輩子嗎？還是好好享受你的假期吧！」

桔子說的沒錯，何況羅傑的心此時已經飛向一個人。

打包完畢後，羅傑走過來擁抱妹妹，要她好好照顧自己。

「哥，你這是要飛哪裏？」桔子問。

“尼斯。”他答。

桔子 _25

25

聖托里尼位於希臘東南約200公里處的愛琴海上，由一群火山島（火山噴發物堆積而成的島嶼）所組成，其中的最大島叫聖托里尼島。

當桔子來到聖托里尼島上的Firostefani海灘時，果然見到Nick和他的團隊，不過貌似氣氛不太對，肉眼可見Nick正在發脾氣，而且愈演愈烈。桔子不知該走開還是留下，正當猶豫不決時，Nick看到她了。

" Hey，why are you here? Where is Chengcheng?"

此問話坐實了Nick等的是橙橙，並且對於桔子的意外出現毫無期待。

還有什麼比這個更傷人的？

桔子沒回答就離開，縱使背後傳來Nick的呼喊聲。

26

聖托里尼島上的大部分海灘都是深色火山沙，換言之，在烈日下行走會非常炙熱，同時沙進鞋裏也相當惱人，像有無數個針頭在刺。

好不容易離開沙灘，桔子跳上步行道往南走去。雖然心情不好，但沿途風景如畫，多少趕走了壞情緒。

" Young girl, do you want a lift?" 一輛破車忽然在桔子身邊減速，司機從車窗探出頭來問。

桔子立馬回答自己不需要搭便車。

那個男人沒放棄，強調搭車不僅免費，還會付她錢。

這是什麼意思？

桔子二度拒絕，然後有人從後勾住她的手臂，嚇了她一跳。

" Keep going, don't say anything." Nick對她說。

於是他倆像一對連體嬰似地往前走，那個神形猥瑣的男人這才腳踩油門而去。

等車開遠後，桔子問Nick為什麼會預知她有麻煩？

Nick答Fira往南的路段很荒涼，只有初來乍到的小白兔才會獨自走這條路。

看來桔子真的是後知後覺。

" Are you still angry?" Nick突然問。

桔子反問他在乎嗎？Nick答當然在乎，他不喜歡看到女人生氣。

這個回答讓桔子好過多了，至少證明他還是在乎她的，不是嗎？

所以當Nick問她是不是往回走時，桔子點頭，同時挽著他的手。

Nick沒有拒絕。

桔子-27

27

回到Firostefani海灘，那些工作人員全露出"失而復得"的喜悅神情。

桔子問Nick待會兒拉什麼曲目？他答西班牙歌曲《Historia De Un Amor》。

此時的太陽正處於九點鐘的位置（還未染紅天際），海水不斷拍打著，發出震耳欲聾的聲音，桔子很擔心大提琴的琴聲能否壓得過？

等圍觀的人群被工作人員"好聲好氣"地勸退後，穿著白襯衫和淺藍色牛仔褲的Nick走向擺在沙灘上的高腳椅。一切就緒，一位身高起碼一米八的女生舉起右手比數，五、四、三、二、一……前奏響起。

桔子越聽越熟悉，這不是《我的心裏只有你沒有他》嗎？什麼時候成了西班牙歌曲了？但再一想，天下歌曲翻唱的很多，已經分不清哪個才是原版。還有，桔子以為這是現場收音，原來不是，Nick不過是裝模作樣地擺拍，煞有介事的。

也不知錄了多久（期間中斷了幾次又重來），當高個子女生比出Ok的手勢時，他們全擠在一起看效果，包括桔子。

畫面上呈現的是夕陽、海水、沙灘、帥哥、白色大提琴……還有比這個更好的意境嗎？

可是Nick卻不甚滿意，他表示如果要錄沒有故事的視頻，倒不如不錄。

"What do you mean?" 高個子女生臉色鐵青地問，桔子很害怕下一秒她會河東獅吼。

Nick倒很淡定，他答此情此景應該在四周圍點上火炬，再找一位擁有美麗背影的女子坐在畫面的右下角，由他對著她拉琴……

這樣的安排的確很有故事性，但臨時上哪裏找火炬和擁有美麗背影的女子？

果然戲劇性的一幕發生了，Nick說由他去找Miss Right，工作人員只要負責火炬就行。

話甫歇，Nick拉起桔子的手離開，讓桔子瞠目結舌，沒看過這麼……這麼為所欲為的人呀！

桔子 _28

28

桔子和Nick走在大街上，路人的回頭率很高。

" They're looking at you." 桔子說。

他答路人當然看他，因為羨慕他有一位風華絕代的女友。

莫非洋人都喜歡開這種"撩人"的玩笑？桔子反正挺五味雜陳的，既想當他的正牌女友，又害怕他"真的"開玩笑，撩得她七葷八素的。

後來他們行經一家賣薄餅的小攤，Nick沒問過桔子同意便停下腳步要了兩個，外加兩杯熱可可。

等他倆吃完薄餅、喝完熱可可，Nick問桔子有沒有飄逸一點兒的連衣裙？粉色尤佳。

桔子是有幾件粉色連衣裙，不巧這次出門沒帶上。

Nick隨即表示要送她一件那樣的裙子。

聽他這麼一說，桔子高興壞了，這代表兩人的關係更近一步，不是嗎？

結果事情的發展並不像桔子所想的那樣，她以為既然是禮物，當然挑她喜歡的，可是到了Nick這裏卻遇冷，他頻頻對桔子的選擇搖頭，好像忘了裙子穿在桔子身上，首先得通過她這一關才是。

" It's pretty，isn't it?" Nick說，手裏拿著的是一件白底帶粉紅色小花的雪紡連衣裙。

桔子雖不高興他自作主張，但承認這件衣服的確不難看，加上售貨員在旁敲邊鼓，她無可無不可地拿著衣服走進試衣間。

等她從裏面出來，Nick立刻吹出一長聲的曖昧口哨，害桔子挺不好意思的。

" You're Miss Right." 他忽然說。

" Miss Right? What do you mean?"

Nick解釋不需要再尋尋覓覓了，擁有美麗背影的人正是她。

" No." 桔子拼命搖頭，" It's not true."

Nick答是不是真的，看錄影效果就知道。

桔子_29

29

桔子換上飄逸的連身裙後，化妝師幫她整理頭髮。

" Do I look ok?" 桔子問。

化妝師回答如果能上點兒妝就好了，可惜時間上不允許，還好只是錄背影，問題不大。

桔子認為問題很大，一張風塵僕僕歸來的倦怠面容如何勾引"男主角"？但化妝師說得對，她和Nick回來得晚，再不拍就過午夜了，哪有時間化妝？

Nick不一樣，當桔子換衣服時，他已快速化好妝，連頭髮也梳了，正精神奕奕地調他的琴。

" Are you ready?" 攝影師喊，問的是桔子和Nick。

桔子答準備好了，Nick卻喊停，接著向她走來。

" What?" 桔子問。

他凝視她一會兒後，將她身上衣服的領口往下拉。

" This is how it's supposed to be worn. " 他說。

桔子還在想怎麼這件衣服的領口這麼大？原來是為了露出肩膀。這下子裙子不僅飄逸，還帶著性感，的確值500歐元。

等準備就緒，高個子女生比出Action的手勢，桔子跟著前奏踏出第一步，這才發現自己忽然不會走路，像個機器人似的。

雖然工作人員給予她很大的耐心，允許她一次又一次重來，可是她總做不好。

Nick看情況不對，再一次向桔子走來。

" Let's take a walk." 他對她說。

此時的海邊除了拍攝地被火炬照得通亮外，一片漆黑，實在不適合散步，但桔子如此緊張，不休息一下哪成？

等他們沿著沙灘走得足夠遠時，Nick忽然止步，然後含情脈脈地看著她。

" What?" 桔子問。

" You're so beautiful." 答完，他低頭給她深情的一吻。

果然一切都變得不一樣了。

回到拍攝地的桔子踩著優雅而自信的步伐，然後在指定的位置上坐下，讓被火炬包圍的Nick為她拉起愛的樂章......

錄影一次Ok，而且效果非常好，比之前不帶故事性的強多了。

顯然高個子女生也很滿意，露出今天的第一個笑容。

正當工作人員忙著做善後工作時，Nick問桔子待會兒有什麼節目？

桔子答已經夜裏11點多了，當然回酒店睡覺去。

"Don't you feel hungry?" 他問。

傍晚的薄餅和熱可可還堵在胃裏，桔子一點兒也不餓，但為了能和Nick多待一會兒，她答自己還能吃點兒。

於是他倆一起覓食去。

30。

時間晚了，只有酒吧還開著。

Nick除了點東西吃外，還叫了酒。當酒端上來時，他問桔子知不知道這杯看起來像橙汁的雞尾酒為啥叫Slow Comfortable Screw Against The Wall？

從字面上看就是"靠著牆緩慢且舒服地擰進去"（翻譯成中文），至於為什麼會叫這個名？這得問當初取名的人，桔子哪會知道？

此時的Nick壞壞地笑，她才知道上大當了，這個名字肯定跟男女之事有關。

" You're a bad man." 桔子說。

他回答"男人不壞，女人不愛"，桔子肯定也愛壞男人。

桔子立即否認，後來想想也許他是對的，否則她怎會愛上他？

此時酒吧裏有人在談論Euromillions，聽說剛開出了有史以來最大獎項，而且是從尼斯的彩票店售出。

Nick也聽到了，他問桔子買彩票了沒？

" No，I forgot." 她答。

Nick說他也忘了買，不過這個結果是好的，因為最大獎在尼斯開出，他不可能是得主，但橙橙就不一定了，她住在尼斯，也許現在正在開香檳慶祝……

談到橙橙，桔子的自卑心再起，Nick肯定難以忘懷這麼好的女人，所以隔了那麼多天還是會想起她。

" Do you like her?" 桔子問。

" Her? Chengcheng ？"

見桔子點頭，Nick答他當然喜歡橙橙。

" Do you love her?" 桔子又問。

這回Nick謹慎多了，他回答不清楚。

這個答案模稜兩可，卻給桔子帶來希望，只要Nick沒愛上橙橙，她還是有希望的，不是嗎？

桔子 _31_

31

Nick說接下來他會飛到摩納哥錄視頻。為了"乘勝追擊"，桔子立馬表示自己也正好要到那裏去。

兩人後來上了同一架飛機，座位也緊挨著（這當然不是湊巧，而是桔子有意為之，再次驗證了"有志者事竟成"那句經典老話）。

話說上機前，Nick在免稅店裏買了小瓶裝的芝華士，桔子以為落機前不會開瓶，沒成想在待機室裏就被一飲而盡。

這款蘇格蘭威士忌的後勁很大，桔子不免有些擔心，結果上機後Nick又要了紅酒喝，喝完一杯又要了第二杯，這實在太危險了。

" I think you should stop drinking." 桔子說。

Nick不予理會，按鈴要來第三杯。

雖然桔子已經盡到了阻止的義務，但後來回想起來，她還是太軟弱了，如果當初強硬起來，就沒有後面什麼事。然而說這些為時已晚，因為當飛機一落地，機場警察立即上機，把還在九霄雲外神遊的Nick給拉到機艙外。

這名酒鬼最後被罰監禁五日，理由是威脅到航行安全。

當桔子去接Nick"出獄"時，他已經有了流浪漢的落魄相。

"堆不氣。"Nick一見面就說。

"What?"桔子問。

他再度答："堆不氣。"

桔子靈光乍現，他說的可是"對不起"？

"算了，下不為例哦！"桔子改用普通話說。

這次換他問："What?"

桔子笑了笑，回答："Never mind."

桔子 _32

32

蒙特卡洛大賭場建於1878年，內部的裝潢非常古典瑰麗，猶如一座豪華的宮殿，讓人不禁聯想起衣香鬢影、貴族雲集的場景。

據說Nick及其團隊已經租下賭場的中庭做為今天的拍攝地。也難怪，賭場中庭雕欄玉砌，有成排的樑柱及太陽神貼面的地磚，盡顯奢華。

桔子以為此情此景正好拉亨德爾的《查德神父》或巴赫的《勃蘭登堡組曲》，要不，柴可夫斯基的《胡桃夾子》也行。沒想到Nick選擇的卻是動感十足的《恰恰恰》，據說他還堅持加入養眼的伴舞群，怎麼看怎麼不協調。

"Don't you think that's a good idea?" Nick問。

"Not at all." 桔子答。

Nick聽完哈哈大笑，讓人不明所以，而更出乎意料的是他竟然想在拍攝前開小差，還拉桔子作伴。

桔子再次表示這不是個好主意，可是Nick卻要她放心，耽誤不了正事。

" Are you sure we can come back in time?" 桔子問。

" Certainly. Menton isn't far away."

原來他要去的是鄰近的法國小鎮——芒通，車程不到半小時，的確趕得回來。

桔子 _33

33

熟悉歐洲地圖的人都知道摩納哥小得可憐，四周被法國包圍，彷彿夾在一個巨人的腋下，但它又離意大利很近，等於法國小鎮芒通處在摩納哥和意大利之間，成了一塊夾心餅乾。

久聞這塊夾心餅乾很可口，還是檸檬味的（該小鎮盛產檸檬，每年二月還舉辦檸檬節），桔子老早想嚐一口，既然Nick提議走一趟，她便欣然前往，然而接下來發生的事卻超乎想像……

當桔子從重型機車上下來時，Nick笑不可仰。不用猜，在時速超過150公里的強風吹拂下，她肯定披頭散髮像個女鬼。

桔子告訴Nick，她得進洗手間（最主要是整理儀容）。

Nick答他帶她來這家餐廳就是為了方便她上洗手間（也不知是真是假）。

等桔子從餐廳洗手間出來，Nick已經坐在看得見地中海的景觀位上。

" I've ordered something for you." 他說。

桔子早發現Nick是一個十足的大男人主義者（或者說是控制慾極強的人），但她就是生氣不起來。毫無疑問，這個女人無條件接受了他的一切，包括那些顯而易見的缺點。

等餐期間，桔子問Nick為什麼喜歡騎阿古斯塔？他答為了致敬他的初戀女友。

" Where is she?" 桔子問。

" She passed away."

這真令人悲傷，難怪他要"致敬"她……等等，為什麼要騎重型機車去致敬一個已故的人？

Nick答因為初戀女友就是坐他的阿古斯塔殞命的，當時兩人都沒戴安全帽，車速又過快，撞上公路護欄後，她被拋向天空，最後落在二十多米遠的地方，腦殼破了，眼球外突，死狀相當淒慘……

他越說，桔子的脊背越拔涼。方才的車速也很快，他們也沒戴安全帽，莫非他想追隨初戀而去？既然這樣，何必帶上她？

大概桔子的臉色不佳，Nick問她是否生氣了？

桔子大方承認，以為他會道歉或做出合理的解釋，結果他說生氣時吃點兒美食，馬上就不氣了。

" What?" 桔子喊，難以置信到了極點。

" See. Your food is coming."

桔子一轉頭，前菜真的來了，是桔子湯加牛肝菌塔（她第一次見有人用桔子做湯，不過味道真不錯，有股清新的口感）。

前菜吃完，服務員奉上主菜香煎鯛魚配紅菜頭，甜點則是淋上焦糖的羊奶冰淇淋。

用餐完畢，Nick問桔子的心情有沒有好一點兒？

其實還真被他說對了，美食的確有撫慰人心的作用。

見桔子點頭，Nick說接下來他要帶她看看這座漂亮的小鎮。

這麼有魅力的男人願意當導遊，桔子怎會拒絕？

於是她又跨上了阿古斯塔。

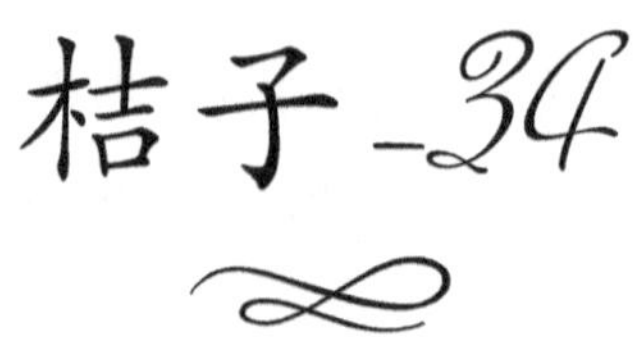

34

風塵僕僕歸來的Nick看起來正經多了，雖然為了錄《恰恰恰》，他的打扮顯得流裏流氣，但桔子能感覺到他的態度比去芒通前積極許多。也許正如同他所言，人生需要偶爾的不按常理出牌來釋放壓力，太一成不變反而容易走入死衚衕……

當高個子女生因拍攝完成而高興地鼓起掌時，桔子忽然想到這是那人的第二次笑容，如果自己繼續跟隨他們，難保不會見到她的第3、4、5、6……N次笑容。

此時Nick表示為了慶祝拍攝順利，他請大夥兒吃飯，吃的是普羅旺斯菜。

桔子聽完有小驚喜。沒多久之前，她說想試試普羅旺斯菜，這會兒Nick就安排上，那種受寵的感覺像吃了蜜糖，齁甜齁甜的。

桔子 35

35

曹雪芹用"光搖朱戶金鋪地，雪照瓊窗玉作官"來描寫富麗堂皇的宮闕樓閣，現在拿它來形容眼前的路易十五餐廳再合適不過，因為它同樣具備了美輪美奐、雕樑畫棟、金碧輝煌……等特點。

桔子早聽說這家主打普羅旺斯菜的餐廳香飄十里，今日一嚐果然不同凡響。

吃完這美妙的一餐，Nick主動送桔子回她下塌的巴黎大酒店（不過幾步之遙）。

道別前，Nick問桔子她的房間窗口能否看見賭場？

桔子答沒留意到，反問他要不要親自查看？

Nick答好，於是他們一起上樓……

梧桐路上的桔子……

桔子的家住在錦繡路15號，梧桐路走到底左轉便是。

"小姑娘，"一位阿婆叫住她，"妳吃不吃燒餅？"

這位阿婆在梧桐路上擺攤賣燒餅已經很久了，怕比桔子的年紀還要長。

"改天吧！今天沒什麼胃口。"桔子答。

"天氣熱，的確讓人不想吃乾巴巴的燒餅，妳要做的是找家冷飲店坐下來吃。"

桔子沒胃口不是因為天氣熱，而是心裏有事（顯然阿婆誤會了）。

"阿婆，我是桔子，從小吃您的燒餅長大，但今天真的不吃，謝謝！"

"桔子？桔子不是水果嗎？妳把我搞迷糊了。"

看來阿婆真的老糊塗了，竟然連二十幾年的"熟客"也沒認出來。

"那……好吧！我買一個。"桔子說，心裏打的主意是拿回家給哥哥吃（如果他在的話）。

阿婆把燒餅放進紙袋內，同時告訴她往前走約五十米有家冷飲店。

"謝謝！"桔子收下燒餅，"我這就過去。"

離家才一個月，梧桐路上的店面已經有了好幾張新面孔，不變的是梧桐樹，依舊那麼茂密且精神著，隨著夏天的腳步近了，滋滋滋的蟬鳴響徹雲霄。

桔子邊聽著擾人的蟬聲邊往前走，按照阿婆的說法，早該發現冷飲店，可是卻沒有，倒是有一家奇怪的店挺吸人眼球，桔子不由自主地走過去。

"凡以神仕者，掌三辰之法，以猶鬼神示之居，在女日巫，在男日覡。"她一字一句地唸著人字板上的說明。

唸完，桔子抬起頭來，發現這家店的門頭招牌上寫著：巫覡咖啡館。

原來是賣咖啡的。

由於天氣熱（她已經汗流浹背），此時此刻的桔子根本不想喝熱飲，可是兩個女生的對話又把她剛邁出去的步伐給拉回來。

"好奇怪呦！"一個女學生模樣的人不停地轉門把，"明明掛著'營業中'的牌子，怎麼打不開？"

"算了，前面不遠處就有一家冷飲店，他家的冰檸茶做得好，我們改喝那個吧！"她的同伴說。

原來真的有冷飲店，阿婆沒騙人。

想到大熱天若能喝上一杯透心涼的冰檸茶，豈不美哉？桔子當下決定跟過去，結果方才還打不開的門此時卻"扣"的一聲開了。

"喂！門開了。"桔子對著遠去的背影喊。

可惜那兩個女生談興正濃，完全沒意識到話是對她倆說的。

桔子忽然心疼起店家，也許剛才臨時有事才鎖門，現在門開了，客人卻走了。

思考了一下，桔子決定代替女學生上門，就算不喝熱的，那麼來杯冰咖啡好了。

"歡迎光臨！"一個長相有點兒面熟的男人說。

桔子徑直走進去，然後在有些掉了皮的皮椅上坐下，正對著的是一個象腿造型的圓桌。

"妳看著很瘦，是不是刻意減肥的結果？"男人問。

"沒有，我天生吃不胖。"

"告訴妳，我最看不慣減肥人士。"

這樣的開場白讓人很無語，尤其屋內和屋外一樣熱，桔子不免心煩氣躁起來。

"熱嗎？我去開空調，妳等等哈！"說完，那人轉身走進櫃檯後的房間裏。

人一消失，桔子才想起來他像誰，這不是《老夫子》漫畫裏的大番薯嗎？不僅外形像（光頭、身材矮胖、額頭有皺紋、衣品不佳），同時還特別不喜歡減肥人士。

"世上竟然有如此相像之人，實在太湊巧了。"桔子心想。

當屋內開始有絲絲涼意時，"大番薯"出現了。

"不熱了吧？！"他把杯子遞過來，桔子這才發現他的右手有六根手指頭，"這杯是特別為妳調製的。"

"怎麼是冰檸茶？我以為這是咖啡館。"桔子說。

"這的確是咖啡館，但妳想喝冰檸茶，我就做給妳喝。"

有那麼幾秒鐘，桔子感覺迷惑，但再一想，天氣熱，喝冰檸茶不也正常？何況有些咖啡館也賣茶飲。

說服完自己，桔子端起杯子一飲而盡。

"我以為妳至少會留下半杯，這茶很酸。"大番薯坐了下來，接著撿起帶冰川紋的玻璃杯查看，"還好留下一口的量。"

茶是酸（因為沒放糖），但對於口渴的人來說，完全可以忽略不計。

"謝謝你的冰檸茶，我們現在可以談正事了嗎？"桔子指向身後胡桃木製的盒子，"我想買盒子裏的錶。"

當大番薯消失時，桔子曾瀏覽店內商品，都是一些奇奇怪怪，甚至帶著異味的東西，只有胡桃木盒子裏的錶看著還順眼（事實上，它跟橙橙的腕錶很相像）。

"那是非賣品。"大番薯放下玻璃杯，"妳很沮喪，把妳的故事說出來會好過一些。"

與Nick道別後，桔子一直表現得很開朗，沒想到卻被這個初次見面的人給拆穿了。

"我不沮喪呀！你看走眼了。"桔子刻意給了笑臉，"我是看這家店很冷清，所以想幫襯一下，既然錶是非賣品，那不勉強。喏！這是100元，我走了。"

桔子還沒走到門口，大番薯說："等等，還沒找妳錢。"

"不用了，就當是小費。"

"不行，本店拒收小費。"

這倒稀奇，竟然有拒收小費的店？

無奈之下，桔子只好又走回來，結果大番薯卻說冰檸茶20元，她要嘛給20元，要嘛說故事免單，二選一，因為他沒錢找她。

這是第二件稀奇事，開門做生意的商家竟然沒準備零錢？不過這事不難解決，只要跟鄰近商家換錢即可，但桔子並不想這麼做。

"我先搞清楚一件事，"桔子重新坐下來，"你是不是有探聽別人隱私的癖好？"

"呵呵！我只是好奇而已，算不上癖好。"

"好奇？好奇什麼？"

"那個大提琴手為什麼要拿走別人的打賞？"

聽罷，桔子寒毛直豎，這個人怎麼會知道這麼隱祕的事，莫非他在現場？

大番薯答他沒在現場，而是桔子喝剩的冰檸茶告訴他的。

換作他人，聽到這麼莫名其妙的答覆，早奪門而出，但桔子不一樣，她想知道大番薯的葫蘆裏賣什麼藥？

"除了這個，冰檸茶還說了什麼？"桔子繼續問。

大番薯邊轉動玻璃杯邊看著杯底的茶水，過了一會兒後，他答："這個男人進過精神病院，妳也是。"

桔子驚呆了，因為她很確定精神病院裏沒有"大番薯"這號人物。換言之，他絕對有特異功能

"告訴我，Nick為什麼對我忽冷忽熱？"桔子決定藉機問個明白。

"原來那個男人叫Nick，"大番薯放下玻璃杯，"回答這個問題前，我想知道妳和他新近發生的事。"

桔子忽然意識到這個矮胖的男人並非每件事都知曉，他還需要外物輔助。這個發現反倒讓桔子心安，畢竟太神乎其神的事只能歸為神話。

"這個得從那天說起……"桔子娓娓道來。

桔子和**Nick**利用難得的小長假到阿姆斯特丹遊玩，就在人來人往的達姆廣場上，**Nick**隨著街頭藝人演奏的音樂跳起舞來。這本來沒什麼，但當音樂停止後，他竟然把觀眾的打賞

全收入囊中，理由是觀眾乃因他的舞姿而打賞。桔子尷尬極了，趕緊拿出幾張鈔票塞進演奏者的手裏，然後強行拉走 **Nick** 。

如果這算是"真性情"，那麼音樂廳上的一幕就絕不是"真性情"能解釋得通。

事後桔子問 **Nick** 為什麼要搶走樂團指揮的棒子？他答那人指揮得不好，他想讓大家瞧瞧真正指揮家的樣子。

以上兩件事給了桔子當頭"兩"棒，還沒等心情恢復過來，**Nick** 竟然與酒吧內偶遇的女人眉來眼去，最後還當著桔子的面聯袂走了。等了好幾分鐘之後，桔子才驚覺自己被放鴿子了，回去躲在被子裏痛哭。**Nick** 倒是很快歸來，告訴桔子那女的有狐臭，他什麼也沒做（言下之意是假使沒狐臭，他就做了）。

桔子生了兩天悶氣，發現他沒事似的，心情更加鬱悶。

如果這些都不算什麼，那麼參觀完梵高博物館的那天晚上才真的把桔子給整迷糊了。桔子問 **Nick** 為什麼要坐在浴缸裏哭？他答沒什麼，要桔子別理他，趕緊回床上睡覺去。

一個大男人哭成了淚人，這還沒什麼？但桔子能怎麼辦？**Nick** 既沒殺人，也沒放火，誰規定他不能在大半夜裏哭泣？

後來桔子真的沒理他，只是那晚再也沒闔眼過。

雖然這個假期不完美，但桔子並沒有抱怨，愛一個人就是要愛他的所有，不是嗎？然而她還是過度樂觀，桔子可以是天使，但 **Nick** 未必接受天使，就在回程路上，桔子"被分手"了。

桔子五雷轟頂，問什麼叫"重回普通朋友關係"？還有，"他還沒準備好當她的男友"又是個什麼鬼？難道這些日子以來就只有她一個人在談戀愛？

面對質問，Nick不給答案，反而要她冷靜，這讓桔子更加惱火，不僅捶打他，還搶他的方向盤（天知道她想幹啥？）。

Nick見事態嚴重，只能路邊停車。等車子一停妥，他對桔子怒吼：" What the hell do you want me to do?"

" I want you to love me just like I love you." 答完，桔子哭得肝腸寸斷。

男人大多有憐香惜玉的本能，看桔子哭，他沒了氣，耐心地解釋不是他不願愛她，而是她太好了，超過他能承受的程度……

桔子不知道他從哪裏學到的"分手藝術"，以致把話說得如此冠冕堂皇。在她的邏輯裏，如果一個女人真那麼好，不是應該上前擁抱嗎？怎麼反倒將她推得更遠？

" Can……Can you try……try to love me?" 桔子哭得上氣不接下氣，連話都說不利索。

" I hope I can." 他答。

以上就是新近發生的事。

短暫沉默過後，大番薯問："因為分手，所以妳選擇回國，是嗎？"

"不是，回國是一早就計劃好的，因為我的簽證到期了。"

"妳還想挽回這段感情嗎？"

"是的，我很愛他。"

"既然這樣，那麼我幫妳看看。"說完，大番薯低頭看杯底的茶水，一會兒緊皺眉頭，一會兒嘆氣，似乎遇到了瓶頸。

此時"嘎"的一聲傳來，嚇了桔子一大跳，她以為櫃檯旁的鳥架上站著的是鳥標本。

大番薯解釋那隻活生生的黑渡鴉是他的助理，名字叫颯耶，不是標本。

話音一落，叫颯耶的鳥忽然張開翅膀在室內盤旋。幾個來回之後，它從黑絨布上挑中一支白羽毛，把它叼到圓桌上。

"謝謝你，颯耶。"大番薯對它說。

然後鳥兒重新回到鳥架上，再次一動也不動。

接下來大番薯聚精會神地凝視著白羽毛，像要將它看穿了似。

"請問……"

"噓～別打擾我工作。"

於是桔子閉上嘴巴。

"嗡吧匝拉……恐薩滿壓……西地美哉雲雷依……嗡吧匝拉……恐薩滿壓……西地美哉雲雷依……"大番薯將雙手置於白羽毛上方，同時反覆吟唱著，桔子這才發現他的左右手都是六根手指頭。

過了好一會兒，大番薯才停止這個怪異的舉動，接著以篤定的語氣說："Nick有躁鬱症，'狂躁'和'抑鬱'會交叉出現，間歇期可長可短，容易被誤會為情緒波動大。"

"原來他真的病了，"桔子喃喃道，"他……能痊癒嗎？"

"很難，只能通過避免陷入負面情感的情境來降低發病風險。"

桔子問何謂"負面情感的情境"？

大番薯答這個因人為異，有患者看見陰天或落日會心情低落，又有患者光喝碳酸飲料就會很High，莫衷一是。

桔子說這可真是個大難題，如果連誘發因素都搞不清楚，如何防範？

"看樣子妳還是想和一枚隱性炸彈在一起。"

"是的。"桔子答。

"可是他並不想和妳在一起。"

"為什麼？"

"因為我感受到他的內心只住著兩個女人，一個是已死去的初戀，另一個是葉橙……"

桔子忽然制止大番薯往下說，因為她已經知道答案了。

"拿去吧！"大番薯把錶遞過去，"說好了給妳。"

"不了，那隻錶讓我……讓我想起一個女人。"

桔子離開後，大番薯把錶放回到胡桃木製的盒子裏。一轉身，發現桔子把燒餅落下了。

他拿起燒餅聞了聞，最後放進口中咀嚼，餅屑掉了一地，像下了一場小雨。

第四位客人：
白素貞

白素贞 _1

I

白素貞以為這家簡約餐廳的價格會很親民，結果一翻開賬單，傻眼了，連最普通的辣味番茄醬拌土豆塊也要50庫納，簡直搶錢！

思來想去，白素貞要了蘑菇湯加麵包（因為喝湯不需要另外叫飲料）。

服務員緊接著問她要什麼主食？她回答不需要。

" Service isn't included." 服務員來上一句。

這分明是第二次搶錢，這家餐廳要裝修沒裝修，服務員也冷若冰霜，竟然明目張膽要小費，實在無恥至極！

還好送上來的湯份量很足，麵包也好吃，稍微彌補一下"看走眼"的挫敗感。

" 妳是不是在尼斯工作？" 男人問。

"不是。"女人答。

"哥，你搞錯了。"另一個女人插話，"橙橙白天在蒙特卡洛大賭場工作，晚上到餐廳彈琴，住的是尼斯的鄉間小屋，把日子過得像詩一樣美麗……"

聽到這裏，白素貞忍不住轉過頭去，不遠處的三位客人看著都很年輕，普通話說得極好，基本可以排除是移民海外好幾代的華裔之後。除了擁有相同的語言，吸引白素貞注意的還有"尼斯"二字，那是她目前的居住地。

"也不是每個人都有那個資本去賭。"和白素貞一樣住在尼斯的女人說，"雖然我在賭場工作，但對那個玩意兒完全不感興趣，甚至沒買過一張彩票。"

話一答完，那對兄妹相視而笑。

"**What?**"女人問。

"來之前，我爸提醒我們買彩票，因為**Euromillions**的獎池已經累積了近一億歐元。"

一億歐元約等於八億元人民幣，這個數字對失業中的白素貞而言無異天方夜譚，她不敢想像有一天會和那串數字產生任何交集。

喝完湯又吃完麵包，服務員送來賬單，果然被加上10%的服務費。

白素貞以"既來之則安之"的心情將信用卡遞出去，反正下個月才付款，那麼下個月再煩惱好了。

走出餐廳，華燈初上，路上的行人行色匆匆。白素貞很快也成為其中的一員，因為她趕著去參加Nick的大提琴演奏會。

白素貞 -2

2

《白蛇傳》是中國四大民間傳說之一，故事描述一個修煉千年幻化成人形的白蛇精（白素貞）與書生（許仙）相遇的愛情故事。

鑑於《白蛇傳》無人不知、無人不曉，這讓同名同姓的白素貞苦不堪言，被喚"白娘子"或"白娘娘"還不算什麼，比較頭疼的是但凡有人與她走得近，女的自動獲得"小青"的外號；男的則成了"許仙"。

誰也不願意得到這樣的綽號，久而久之，白素貞被孤立起來，跟《白蛇傳》裏的白娘子被法海壓在雷峰塔下一樣淒慘。

進入大學後，情況好多了，倒不是同學們變友善，而是白素貞改名為白熙珍，從此跟白娘子再無瓜葛。當她正沾沾自喜時，不幸的事情發生了，她的小腿忽然長了個小硬塊，而且越來越大，醫生初步判斷為腫瘤，得檢查過後才能知道是良性瘤還是惡性瘤。

這嚇壞了原本風平浪靜的白家。

還好提心吊膽多日後，醫生宣佈好消息，同時安排手術。

手術很成功且術後情況相當良好，貌似否極泰來，但白母認為突遭厄運是新名字所帶來的晦氣，如果不改，還會多災多難，所以堅持改名。

白素貞其實挺滿意她的新名字（自從看過韓劇《我是金三順》後，白素貞就喜歡上劇中的女二，所以取了個相同的名字——熙珍），但母命難違，只好再改，只是這次母親認為不能由著女兒的喜好來，還是請個算命師保險些，最好取個既旺家又旺財的好名字。

結果算命師掐指一算，給出"白素貞"這個百裏挑一的名字。

"我不要！"她暴跳如雷，"以前受的罪還不夠嗎？"

"相信我，這個名字既旺妳又旺父母，好日子很快就會來到。"算命師篤定地答。

大概聽到"旺父母"三個字，她的母親堅持改回原來的名字。

她絕食了三天，家人也眼瞎了三天，最後不得不自舉白旗。

就這樣，"白素貞"這個名字又與她如影隨形。

白素貞 3

3

按照算命師的說法，用回"白素貞"這個名字，好日子很快就會來到。

白素貞不明白"很快"是什麼意思，反正六年過去了，好日子不僅沒來，而且每下愈況，她不禁懷疑是否計時方式有誤（好比神話故事中有言：天上一天，地上一年）。若果真如此，她不得等到花兒都謝了？

也許有人會質疑：能留學法國的人，日子會壞到哪裏去？

有此疑問者恐怕不了解何謂"孤注一擲"。白素貞的父母把唯一的住房賣了才湊齊了女兒的留學費用，就等著法語專業的她有朝一日能衣錦還鄉，這也是白素貞一拿到碩士文憑，轉身就進華文報社的原因（她當然想回國，但必須由法國公司外派至中國，這樣才算榮歸故里）。

誰能想到華文報社會毫無預兆地倒閉，連最後一個月的工資也沒結。

白素貞站在貼著一紙"告員工書"的大門外欲哭無淚，她才剛從合租房搬出來，正準備享受獨居的樂趣，現實卻給了她一記重拳，打得她眼冒金星，好半天都回不過神來。

等她萬念俱灰地回到家，新購的麵包機剛好送到。一看到紙箱，白素貞立即涕泗滂沱，現在有了機子卻沒錢買麵粉，還有比這個更諷刺的嗎？

待在家裏自閉數日後，白素貞終於清醒過來，眼下只有兩條路可走，要嘛灰頭土臉地回國找工作，要嘛繼續待在法國苟延殘喘。

思來想去，白素貞決定維持一個美麗的假象（只要不戳破，她還會是那個留在法國的白領麗人，不是嗎？）。

主意一打定，她開始上網找工作，但凡能掙錢，她都願意嘗試，結果投出去的簡歷皆石沉大海，只有華人貼吧上的徵人廣告給了回覆。

老實說，白素貞沒侍候過人，也不會煮月子餐，但當對方在電話中問她做不做得來時，她卻給了肯定的答覆。

"太好了！我急著用人，妳何時能上班？"

"馬上！"

"馬上？兩天後公寓才會空出來。"

看樣子孕媽媽正準備搬家，於是白素貞說："那就兩天後，地址哪裏？"

當得知工作地點在Voie Pierre Mathis附近時，白素貞鬆了一口氣，原本還擔心路途遙遠，現在好了，搭公交車半小時內就能到，再美不過。

兩天後，白素貞按照約定時間上門，開門的是一個看起來很不好惹的中年婦女。

"您好，我是Blanche，劉女士僱我當月嫂。"

"進來吧！"

這是個一眼就能全收入眼底的一居室，客廳很小、臥室很小、廚房很小、偏偏衛浴很大（屋內的房門皆洞開著，所以不難看出）。

"我女兒是怎麼跟妳說的？"開門的女人問。

"她讓我煮月子餐、打掃衛生和購物。"

"妳看著很年輕，會照顧人嗎？"

這個問題把白素貞問倒了，她是家裏的獨生女，向來是被照顧的那一個。

"我試試吧！妳女兒應該與我年紀相當，只要談得來，其他都能迎刃而解。"

"跟她談得來有啥用？妳照顧的是我。"

話音一落，白素貞立刻將目光打在說話女人的肚子上。

"我流產了，流產的人也需要坐月子。"她答。

白素貞_4

4

白素貞以為僱用她的人剛生產完，結果全搞錯了，僱主是替她的母親僱人，而她母親也沒成功生出小東西來。

"難怪她沒要求我照顧新生兒，怎麼當初就沒起疑呢？"白素貞心想。

這個結果說好不好，說壞不壞，白素貞不喜歡這個刀槍不入的女人，好處是做完工作就能走（老人應該和年輕人說不到一塊兒去），她不用把時間浪費在閒聊上。

事實證明老女人的確不"閒聊"，她聊的都是"有憑有據"，好比月子餐不正宗、碗沒洗乾淨、床單忘了更換、買的洗髮水不是她慣用的牌子……等等。

月子餐是臨時惡補的，如果不正宗，白素貞認了，但其他指控就不免"欲加之罪，何患無辭"了。拿洗碗來說，老女人不讓她使用洗碗精（大概擔心有化學殘留物），白素貞只能用水沖，這哪能沖乾淨？再說床單，老女人是有兩條床單可以替換，但她老愛躺床上刷手機，每當白素貞說要換床單時，老女人總要她等，這一等，白素貞就忘了，這也能怪她頭上？

接著談洗髮水，老女人說自己有頭皮屑，一定要買止頭皮屑專用的洗髮水，綠瓶的。白素貞在超市轉了一圈也沒找到，於是打電話問咋辦？老女人答沒綠瓶的，那麼黃瓶也可以，結果買回來才說買錯了（她的意思是沒有薄荷味（綠瓶）的，那麼檸檬味（黃瓶）的也行，而非任何一款黃色瓶身的洗髮水）。

在白素貞看來，買錯洗髮水只是誤會一場，發發牢騷也就過去了，沒想到老女人動不動就提，好像這是一件十惡不赦之事。

雖然生活中這個、那個的齟齬不斷，可是真正鬧開卻在另一件小事上。

"我說了，我想吃廣東粥。"老女人一副山雨欲來之勢。

"我煮的就是粥呀！"

"可這不是廣東粥，妳瞧！米粒還顆顆分明。"

白素貞一聽來氣，老女人"忽然"想吃廣東粥，家裏又沒有高壓鍋，換言之，想在短時間內把粥熬到濃稠，幾乎是不可能的事。

"看來妳需要的是魔術師，而非我。"白素貞冷冷地說。

"什麼意思？"

"意思是我不幹了！"

就這樣，白素貞再度"家裏蹲"，離上次失業，尚不滿一個月。

還好老女人的女兒明事理，非但沒有苛扣工資，還給足了一個月的薪水（想必她也知道自己的母親不好相處），這大概是不幸中的大幸吧？！

拿到1500歐元，白素貞首先該做的便是付房租，了不起再上
餐廳打打牙祭，安慰這些天來所受的委屈，但她卻沒這麼
做，而是購買一張飛薩格勒布的往返機票。理由很簡單，她
是Nick的忠實粉絲，只有親臨演奏會現場才能撫平她內心的
傷痛（這傷痛是生活給的，不全是老女人所賜予）。

當白素貞終於搭上飛機，並且望著窗外朵朵白雲發愣時，她
忍不住問自己："我是不是太任性了？"

白素贞 5

5

白素貞出國的原因除了鍍金外，還想找個有雙深邃眼眸的洋老公，可惜讀研的兩年裏，每天都像在作戰，根本沒時間談情說愛，而畢業後的第一份工作是擔任華文報紙的編輯（其實就是把國內舊聞剪剪貼貼，再加上一些新近發生的歐洲新聞），接觸者大多是華人；第二份工作就更別提了，老女人只會說普通話，連法語Bonjour都說得京味十足。

可想而知，白素貞想吊洋夫婿會有多困難，無怪乎她會越來越痴迷Nick。這個男人既符合她的外貌標準，還會為她拉鍾愛的大提琴，同時不阻止她作夢（只要願意，她可以天天刷視頻、天天想他、天天與他在夢裏幽會），還有比這個更適合的人選嗎？

所以當Nick將在薩格勒布舉辦演奏會的消息傳來，白素貞沒有歡喜，只有懊惱，因為自己缺錢又缺時間，肯定錯過與"老公"面對面的機會。誰能想到幾天後她會炒了"老女人"，又意外拿到全額工資，讓不可能成為可能。

後來男神雖見著了（她是上萬名觀眾之一），但想像中Nick
會為她怦然心動的時刻卻沒發生，因為後臺不給進，即使她
苦苦哀求也沒用。

白素貞意氣消沉地回到五星級酒店（怕男神送她回酒店，所
以故意挑貴的訂，現在想起來實在太可笑了），然後和衣躺
在床上。

"我的好日子到底什麼時候才會來？"她邊瞪著天花板邊喃喃
自語。

隔天，她本來想隨便吃吃再上飛機，但陽光太燦爛，讓她改
主意（其實主因是反正1500歐元已經花得差不多了，再多花
一些也不會變得更慘，所以決定去吃頓好的）。

世界各地的早餐各有不同，但歐式早餐倒挺制式的，不外麵
包加飲料。白素貞決定吃這個，因為她對食物向來沒
有冒險精神。

東西端上來後，白素貞笑了，這比她想像的要豐盛許多，不
僅有形狀各異的麵包和幾款不同的飲料，還有起司及各
類煙燻肉品。

" 這讓我想起凍肉三明治。" 女人說。

" 那麼我換成英式早餐好了。" 男人答。

" 別，我沒那麼難侍候。"

聽到這裏，白素貞轉過頭去，不遠處的兩位客人看起來很面
熟。

白素貞想了想，忽然靈光乍現，這兩人不是昨天剛見過？那
女的和她一樣住在尼斯，男的還是同樣那位，另一個女的
則沒出現。

. . .

"你……們打算在薩格勒布待多久？"尼斯女人問。

"我應該很快會離開，年假只有一個月，想多看看多走走。我妹就不清楚了，她有自己的計劃。"

"這樣啊！那我告訴你，布拉格絕對不能錯過，整座城市像個童話世界似的……海德堡也不錯……希臘……阿姆斯特丹……"

"妳都去過？"

"嗯！曾經窮遊過，因為大學生出遊歐洲有優惠。"

"如果妳能當我的導遊就好了，我可以少走很多彎路。"

"不行，因為……"

"我知道，妳在賭場工作，還在餐廳彈琴，一個人打兩份工，夠辛苦的，應該有人照顧妳才是。"

聽到這裏，白素貞的心喀噔了一下，自己竟然適逢表白現場，這女的夠幸運的了。

因為別人的幸運，讓白素貞想起自己的不幸。她沒談過戀愛，暗戀倒是有幾例，最近的一次便是Nick，看起來也告吹了，不過這不阻礙她繼續喜歡他，畢竟Nick的大提琴拉得不壞……

就這麼邊吃早餐邊胡思亂想，當"嘔"的一聲傳來時，白素貞剛把塗滿果醬的圓麵包塞進嘴裏。

"妳還好吧？！"男的問。

"我把地弄髒了。"

"沒事，我讓服務員清理一下。"
　　　　　　　　　　. . . .

"幸運女人"竟然吐了，莫非食物有問題？

這麼一想，白素貞瞬間沒了食慾，她伸手招來服務員買單。

白素貞 −6

6

薩格勒布是一個高低起伏的丘陵城市，意思是走路會很辛苦。

當白素貞沿著塗鴉牆下階梯時，不巧遇到一個正往上爬的年輕人。他們相視一笑，然後擦肩而過。

等她來到露天市場，偏偏又和方才的男人在同一時間看上同一個竹編筆筒，那人很慷慨地把東西讓給她。

中午，白素貞在一家小飯館吃當地菜，赫然發現那個獨臂男人正在對面餐廳大啖牛排，服務員還貼心地幫他把肉切成塊狀，方便他食用。

這相遇的機率未免過高？不行，太尷尬了，白素貞得躲起來，但躲哪裏呢？

她四處張望，發現前方不遠處有座兩層樓的米黃色建築物，牆體上寫著：Museum of Broken Relationships.

破裂關係博物館？這倒新鮮。

白素貞決定待會兒就躲到那裏去。

白素貞_下

7

讀完博物館簡介後，白素貞才知道這個"關係"單指戀人間，所以翻譯成"失戀博物館"會更恰當些。

她走走看看，發現館內的藏品頗豐，包括情書、訂婚戒指、按摩油、小輪摩托車、空酒瓶⋯⋯等。每件展品旁都有文字說明，這也是創始人的用意，希望通過經驗分享的方式，讓失戀者們釋懷和療傷，也算是別出心裁。

在眾多的展品中，"斧頭"給白素貞留下的印象最為深刻，因為她原以為是被分手的那一位把分手的那一位給砍了，結果沒那麼血腥，而是它曾經的主人在失戀之後買下它，然後把家具一一劈成碎片，越劈，她的沮喪也就越少。

還有一張愛滋病的檢驗報告單也挺傷感的，原主人說這是前男友逝世後留給她的，霎那間，她全明白了，包括他為什麼突然不再與她做愛⋯⋯

在館內待了約莫一個小時後，白素貞決定離去，沒想到此時又讓她發現那個甩不掉的影子，他就站在一個裝著婚紗娃娃的玻璃櫃前，玻璃反射了他的倒影，她因此看到一個正在流淚的男人。

這一幕讓白素貞頗感不安（彷彿偷窺到別人的隱私），於是她快步走出博物館。

走著走著，白素貞突然決定趕回，並且站在博物館的出口處等待"不期而遇"。

"怎麼又是妳？"他問，臉上已經沒有淚痕。

"哈！真巧，不是嗎？"白素貞堆起笑容，"餓不餓？我們找個地方喝下午茶。"

"不餓，但我可以陪妳喝茶。"他答。

白素貞 _8

8

白素貞不醜，但離傾國傾城也還有一段不小的距離，可是一談起她的擇偶標準，那高了去，不僅外貌得好、個兒得高，還得有拿得出手的才華，所以對於今日偶遇的男人，她頂多出於同情（同情他的殘疾，同情他有顆破碎的心），壓根兒不作他想，何況今晚她就要搭機返回尼斯，兩人不可能有續集……

"你叫什麼名字？" 白素貞問。

"許暹。"

"什麼？"

"許暹，言午許，暹羅的暹。" 他喝了一口茶水，" 我知道妳在想什麼，不是《白蛇傳》裏的許仙，妳想多了。"

許暹不知坐在他對面的正是白娘子——白素貞，如果知道了，肯定瞠目結舌。

見白素貞沒接話，許嵒禮尚往來，問她叫什麼名字？

"我……我叫……Blanche……法語中代表白色，寓意是純潔、浪漫、公平、正直。"

白素貞沒敢回答自己的中文名，對於萍水相逢的人來說，名字只是個暫時的代號。

"Blanche？挺好聽的。"男人笑了，露出潔白的牙齒。

老實說，如果他的臉上沒有坑坑巴巴，還算得上型男，然而就算皮膚再好，依然掩蓋不住他的左手臂只剩一半的事實。光看這一點，直接就被婚戀市場判了死刑。

"你是這裏的居民嗎？"白素貞問。

"不是，我和我哥約了在這裏見面。"

"他是這裏的居民？"

"也不是，他住在意大利的西西里島上。"

白素貞心想住在西西里島上的人來薩格勒布幹嘛？但如果追問下去，好像也沒多大意義，她對許嵒不感興趣，對許嵒的哥哥就更別說了，八竿子打不著的人。

見白素貞又沒接話，許嵒再度禮尚往來，問她是不是這裏的居民？

"不是，我住在尼斯，來薩格勒布是為了聽大提琴演奏。"

"尼斯啊～"他把啊字拉長，表情同時豐富起來，"尼斯好。"

"你去過？"

"……嗯！"

白素貞不明白他為什麼會慢半拍才回覆，是就是，不是就不是，這很難回答嗎？

"我的茶喝完了，抱歉，我得走了，因為還得趕飛機回尼斯。"

“今晚的飛機？”

“是的。”

“法航？”

“是的。”

然後白素貞再度看到許遵臉上的豐富表情，但她已無意深究，過了今天，他倆再無瓜葛，不是嗎？

“那麼再見了。”白素貞說。

“ Au revoir.”他答。

白素貞 _9_

9

Au revoir 在法語的意思是過幾日也許再見，在白素貞看來這一別應該不會再見，那麼使用Adieu一詞會比較合適。不過看在許邁不會法語的份上，能夠使用 Au revoir 已經相當不錯，不能再強求了。

誰能想到就在飛往尼斯的機上，當白素貞走向機尾的洗手間時會再次遇見那個甩不掉的影子。

"你......"白素貞嚇得睜大眼睛。

"我上廁所。"

"我是說......"

此時廁所內的人剛好出來，許邁說："妳先上，我等。"

白素貞本想拒絕，後來一想，萬一他再堅持，豈不是讓同樣等廁所的人看笑話？於是大方接受。

等她一出來，許邁不見了。這正好，省得再寒暄。

薩格勒布飛尼斯約五個小時，飛機抵達後，白素貞特意留在座位上，等所有人都下飛機後，她才慢悠悠地離去，原因無他，她再也不想碰到許遍。

還好清晨抵達的航班並不多，她極其順利就出關了。

上了出租車之後，白素貞終於長舒一口氣："噓～我還以為又會碰到他。"

白素貞－10

10

回到尼斯後，經濟壓力排山倒海而來，白素貞只能再申請一張信用卡來解燃眉之急，沒想到卻收到拒絕信，她猜想是失業的緣故。以前報社給的薪水雖不多，但好歹是固定收入，現在什麼都沒有，銀行也不傻，怎麼可能給"待業中"的人發放信用卡？

"美夢"成為泡影後，白素貞急得像熱鍋上的螞蟻，所以當見到洗浴中心在招技師時，也不管法語專業的學歷是否對上口，她不假思索就投了簡歷，這次幸運之神倒是眷顧了她，給了她面試的機會。

"會按摩嗎？"經理問她。

"……會。"

"有證書嗎？"

"按摩還需要證書？"

經理像看怪物一樣地看她，不一會兒，接著問：“會拔罐嗎？”

“不會。”

“妳知道技師是幹嘛的嗎？”

白素貞語塞了，她沒上過洗浴中心，對技師的工作也一知半解，但她以為有“熱情”即可。

“我可以學。”白素貞弱弱地答。

“華人想在法國覓得工作很難，”經理嘆了一口氣，“雖然技師的社會地位不高，但這行內捲得很厲害，我已經收到不少的求職申請，妳是當中學歷最高的，我以為會有奇蹟。”

聽他這麼一說，百分百是沒希望了。

“謝謝！至少你給過我機會。”

等白素貞一起身，經理又於心不忍，像彌補什麼似地告訴她：“EuroMillions的獎池已經累積了近一億五千萬歐元，今晚開獎，妳不妨試試。”

原來已經累積到這個天文數字了。

“謝謝！我不買彩票。”說完，白素貞推門而出。

白素貞 *11*

11

法國人買彩票是有講究的，13號星期五這一天便是黃道吉日，因為法國人相信平衡理論，越是不吉利的數字，往往對某些人是友好的，而他們堅信自己就是那個被大獎擊中的幸運兒。

沒錯，今天是13號星期五，難怪獎池中的金額會瘋了一樣，沒幾天就從一億歐元上衝到一億五千萬，誰能抗拒這種誘惑？偏偏白素貞不吃這一套，如果手中有2歐元，她寧願買一個德國酸麵包裹腹，而不是丟到獎池中打水漂。

從洗浴中心出來後，白素貞走了兩個街區便來到金梅德新大道，這是尼斯最有名的商業區，有軌電車穿梭其間，大道兩旁盡是銀行、辦公樓、餐廳、各大商場……等。

白素貞站在街頭，一時不知何去何從，下午三點半，回家尚早。此時，一位中年男士走過來，很有禮貌地問白素貞是不是學生？她回答不是。

然後他又問她是不是中國人？

"Oui ."她答。

接下來的問話顯得有些奇怪，譬如來法國多久了？做什麼工作？會做飯嗎？喜歡運動嗎？愛看電影嗎？

白素貞是個不喜歡將場面弄擰的人，所以勉強自己一一回答他的提問。

接著他問白素貞會不會吹？她一時迷糊，問："Qu'est-ce que vous avez dit?"

結果男人要她別裝了，中國女人肯定吹得好，否則哪來那麼多人口？

這下子白素貞總算聽明白了，怒髮衝冠地要他滾遠點兒。

直到走完N個街區，白素貞才把那股氣給壓下去，只是眼前的一切變得相當陌生，她迷路了，不知自己身在何方。

東觀西望後，白素貞決定穿過黃昏市場去找出路，結果出來時，手中多了兩袋番茄（攤主想早點兒收攤，所以買一袋送一袋）。

"看來晚上可以煮肉醬意粉了。"她自嘲。

白素貞 -12

12

下了公交車，白素貞還得走一段路才能到家。此時，有個長得有點兒像撒切爾夫人（英國前女首相）的中年婦女剛從彩票店走出來，白素貞忍不住多看了她兩眼。

顯然，這造成了誤會，她要白素貞趕緊的，還差幾分鐘就關門了，然後不忘轉頭提醒店主還有最後一位客人。

這是趕鴨子上架，白素貞不得不硬著頭皮走進去。

她一進店，店家立刻問她要自選號碼還是機選？

天哪！她連彩票要選幾個號碼都不清楚，當然只能機選。

就這樣，白素貞有了生平第一張彩票，還是心不甘情不願的情況下買的。

回到家，稍微休息一下後，白素貞開始動手準備晚餐。今天買的番茄剛好派上用場，光看外表，顆顆飽滿紅亮，據說還是沙瓤的，拿它做肉醬意粉一定好吃，剩下的就做糖拌番茄，一物兩吃，豈不美哉？

白素貞 -13

13

連續吃了三天的肉醬意粉和糖拌番茄之後，白素貞現在想起來就作嘔。饒是如此，今天想吃也吃不起了，因為她口袋裏的錢只夠吃個冰淇淋。

"既然這樣，那就上Fenocchio Glacier買個冰淇淋吃好了，反正情況不能再壞。"白素貞心想。

為了上街，白素貞把所有的衣服都翻找出來，最後選中乳白色褶皺背心開衫（有大大的V字領）和墨綠色短裙。

"挺好的，不是嗎？"白素貞對著鏡子給自己打氣。

14

Fenocchio Glacier是尼斯古城裏名氣最大、口味最多、口感最好的冰淇淋店，其中不乏一些名稱聽起來很古怪的產品，像是薰衣草、辣巧克力、仙人掌、胡椒……等。

白素貞的口袋裏只有5.5歐元，這裏的冰淇淋一球要價2.5歐元，兩球便宜些，只要4歐元。她思忖著如果買一球，還有3歐元可以買個中東烤肉捲當晚餐；倘若買兩球，那就只能吃香蕉了……

"選好了嗎？"

當白素貞遲遲下不了決定時，聽到鄉音，立即轉過頭去，那人緊接著又說："別選水果口味的，再怎麼也變不出花樣來，倒是開心果和仙人掌口味的可以一試。"

白素貞偏不，她要了哈密瓜和櫻桃口味的（本來只想要一球，怕被誤會是窮人，所以一咬牙要了兩球）。

許邁倒沒說什麼，他點的是開心果和仙人掌口味的。

"你的好吃嗎？"白素貞邊吃邊問。

"好吃，妳想嚐一口嗎？"

"不想。"

"那我可以嚐妳的嗎？"

"不行。"

"哇！好沒幽默感喔！"說完，許逞換手拿冰淇淋（從右手換到左手）。

白素貞看得目瞪口呆，連冰淇淋都忘了吃。

"妳沒看過義肢嗎？"他問。

"我以為至少外觀上會和真正的手相似，而不是像機器人的手一樣。"

"我用的是智能仿生款，可以做比較細微的動作，就是看起來比較不一般。"

白素貞同意這的確很吸人眼球，換作她，還是會選擇不吸人眼球的那一款。

許逞說她誤會了，他之所以選擇這款是因為實用，真要搞特殊，不穿戴義肢反而更容易達到效果。

白素貞心想莫非他在薩格勒布時還沒有購買義肢？亦或有，但因故沒有穿戴？不管哪個，的確吸引住白素貞的目光。那種感覺很微妙，同時揉和了驚訝、悲憫和少許的厭惡（因為有了厭惡，隨之而來的是內疚和自我批評）。

"謝謝你普及了有關義肢的常識，我走了。"白素貞說。

"等等，"許逞抓住她的手臂，隨即又放開，"今天的新聞說Euromillions開出有史以來最大獎項，而且是從尼斯的彩票店售出。"

"是嗎？夠幸運的了。"

"妳買了嗎？"

"……沒有。"

"天哪！我還以為能跟1.65億歐元的得主交上朋友。"

什麼？！竟然已經累積到這個天文數字！

"那真遺憾，你失去跟億萬富翁交朋友的機會。"白素貞說。

"不遺憾。"

她問什麼意思？許遄答他倆已經是朋友了，有沒有那1.65億歐元都改變不了這個事實。

白素貞不認為自己和他有那麼親近，充其量只能算是點頭之交。

"那……好吧！再見了。"白素貞說。

"再見，Blanche。"許遄高興地揮揮手，銀色手臂在陽光下閃閃發光。

白素貞 _15

15

一下公交車，白素貞就看到那家彩票店掛上了售出最高獎的牌子。

"不會吧？！是哪個幸運兒？"她想。

回到家，白素貞把羅馬涼鞋脫了，再把買來的半串香蕉放在廚房的流理臺上。洗淨雙手後，一時不知該做些什麼？

"對了，泡杯花茶吧！"她突然想起。

還好茶罐裏尚有1/4的量，至少還可以喝上一個禮拜。

就在玫瑰花茶的香氣中，白素貞終於調整好心態，她拿起手機打回國內（當然是利用國際電話軟件，這個便宜）。鈴聲響了好幾下，母親才接。

"……喂！"

“我，素貞。”

“素貞呀！沒事沒事，妳別擔心。”

“沒事？”

“真沒事。哎呀！是誰給妳通風報信的？我一再交待別說別說，還是說了。妳放心，錢再賺就有，也怪妳爸太貪，把存款全投進去，還好沒跟親戚朋友借錢，否則現在有的吵了。”

白素貞一聽，這事肯定跟投資有關，而且看著像是損失慘重的樣子。

“沒事就好，如果需要錢，告訴我一聲，我馬上匯。”

“好的好的，別擔心哈！”

掛上電話，白素貞的心一下子落入地獄，好不容易才鼓起勇氣向家裏要錢，結果……

哎～

白素貞－16

16

半夜，白素貞的胃疼到不行，想必是喝了茶又吃了香蕉的緣故，她只得起床找藥吃。

吃完藥，也許是心理作用，她感覺好多了，可是接下來卻輾轉反側，怎麼也睡不著，於是又起床。東摸西摸後，她決定開啟神聖的儀式——猛刷Nick的視頻。

在悠揚的琴聲中，白素貞不免心想："只要Nick一天不結婚，他永遠會是我的螢幕情人，這遠比在現實生活中發現他的不足要好得多，不是嗎？"

白素貞 _17

17

今天一早收到房東的催繳房租短信，白素貞心想在下一次催繳短信到來前，她應該會找到工作（也必須是，因為她現在已經身無分文了）。

"又"調整好心態後，白素貞決定放下身段去當洗碗工，一天30歐元，日結，無工作合同，當然也不會有保險和退休金。

她之所以如此樂觀能獲得工作乃因：

1、她有法國長居簽證，與一般的黑工不同，僱主不用擔心受怕。

2、日薪太低、福利全無，若不是走投無路，誰也不會屈尊。

. . . .

憑著這個優勢，白素貞信心十足地走進第一家中餐館，果然
"很快"就得到工作（老闆娘扔給她圍裙和手套，要
她即刻開工）。

一整天站下來，白素貞感覺下肢好像失去知覺了。這與她原
來的想像不同，她以為洗碗工就是純洗碗，洗完可以休息，
殊不知這是掛羊頭賣狗肉，除了洗碗外，她還得剝蝦、切菜
和偶爾接替炸物的工作，活脫脫就是個打雜的（意思是根本
沒有休息時間）。

當老闆娘與她結算工資時，望著得來不易的30元，白素貞竟
然沒出息地哭了。

"明天還來不？"老闆娘冷冰冰地問。

"來。"

"妳如果同意月結，薪水會高一些。"

"不，日結，我很快會找到正式的工作。"

老闆娘告訴她另一名洗碗工半年前也這麼說，但現在
還在洗碗……

"不，日結，我很快會找到正式的工作。"白素貞重申。

於是老闆娘不再揪著話題不放，轉而要她路上小心，尤其身
上還懷著"鉅款"。

聽完，白素貞不知該哭還是該笑，最後決定笑看人生，畢竟
對照今早的"身無分文"，30歐元的確是鉅款呀！

白素貞 _18

18

為了慶祝自己終於邁開新的一步，白素貞決定到酒吧小飲一杯。就在那個擁擠的酒吧裏，她聽到人們在談論新出爐的EuroMillions得主，如果這個人在期限內未現身，彩金將全數充公⋯⋯

" Quelle est la date limite pour recevoir les prix de loterie?" 白素貞問。

其中有位男士反問她是不是得主？否則怎會對領獎期限感興趣 ？

她回答不是，只是好奇而已。

於是那人告訴她按規定是60天之內，至於有沒有特殊條例就不清楚了。

原來是60天，時間還算寬裕，白素貞決定回家找找。

白素貞 _19

19

白素貞翻箱倒櫃地找，就是找不到那張彩票。

"天哪！我到底放哪裏去了？" 她對空吶喊。

一個禮拜前，如果不是"撒切爾夫人"嘴碎，白素貞肯定不會走進彩票店；如果她沒走進彩票店，現在就不用找得昏頭轉向，歸根結底還得怪那個女人多事，當時為了付2歐元，白素貞甚至把全身上下的口袋都翻了個遍......等等，口袋？

白素貞立即衝向浴室，把髒衣服一件件拎出來，終於在洗衣籃底部發現那條洗到發白的牛仔褲，接著把手伸進口袋內，果然在裏面找到一張皺巴巴的小紙片。

"噓～終於找到了！" 她大鬆一口氣，"再找不到，今晚就別想睡了。"

由於時間已經晚了，白素貞決定明天再煩惱該上哪兒查中獎號碼，又因害怕再度找不著，她把彩票壓在冰箱貼下，然後對著它語帶威脅地說：" 你最好中獎，否則我就將你碎屍萬段！"

隔天吃工作餐時，她問同為洗碗工的阿昌如何查找 EuroMillions的中獎號碼。

" 網上就能查詢。" 他答。

原來這麼簡單！白素貞立即拿出手機，三兩下就找到第1206期的中獎號碼。當看到那七個"似曾相識"的數字時，她的心喀噔了一下。

" 不，不可能，" 她笑了，" 哪會那麼湊巧？不會的。"

雖然嘴巴抗拒，但心裏還是抱著一絲希望，或許老天爺這次真眷顧了她也說不定。

反反覆覆的結果，一整天她都不在狀態下，老闆娘因此投來幾次責怪的眼神。

白素貞吐吐舌頭，心中不免埋怨：" 一小時3歐元，妳還想要我鞠躬盡瘁，死而後已？"

回家後，白素貞把平底鞋脫了，再把包放下，然後拿出手機直衝廚房。

她看了不下數十次，依然不肯相信。

" 不，不對，肯定哪裏出錯了……哎呀！是不是期數不對？" 她喃喃道。

然而這個假設很快被推翻，是第1206期沒錯。

" 這麼說……我中獎了……還是有史以來最大獎……" 說完，白素貞癱坐在地上，久久無法言語。

白素貞 -20

20

白素貞在床上輾轉反側一整夜，好不容易天亮前才睡著，結果又被手機鈴聲給吵醒。

"Allo." 她含含糊糊地說。

原來是餐廳老闆娘打來的電話，問她怎麼還沒到？

"我病了，大概短期內不會痊癒，所以不去了。"

"找到工作就說找到工作了唄！何必咒自己？"

其實接聽手機前白素貞並沒有想好怎麼辭職，這完全是臨時起意。

"好吧！算我找到工作了。"她答。

然後"嗑"的一聲，對方掛機了。

"好個沒禮貌的傢伙，看我還到不到妳店裏消費？！"白素貞忍不住對著手機發牢騷。

這麼一折騰，白素貞徹底清醒過來，這代表她記起自己是 1.65億歐元的得主，而且急需用錢。鑑於此事的緊急狀態，她決定立馬去取彩金，可是上哪兒取呢？

互聯網的最大優勢便是只需動動手指頭，什麼都查得到。

"原來得飛到巴黎取，"白素貞看著手機屏幕，"這有什麼問題？我即刻啟程。"

結果購買機票時才發現信用卡被凍結了，而自己的銀行卡裏只剩零頭，現金就更沒有（運氣好的話，也許能在屋內的某個角落發現一、兩個銅板）。

這可怎麼辦？白素貞在尼斯沒有可以借錢的朋友（就算有，那也不是她的作風）。

思來想去，她竟然有了"大膽"的想法。

白素貞 -21

21

面對歸來的洗碗工，老闆娘倒沒罵罵咧咧，而是告訴她今日遲到了，工資肯定得扣。

"沒問題，妳扣吧！"白素貞豪氣地說。

"妳......還好吧？！"老闆娘露出懷疑的表情，"可別搵工不順就想不開，我這裏是營業場所，不能出事的。"

白素貞好不容易才抑制住想笑的衝動，再三保證絕不給老闆娘帶來麻煩，後者才放心讓她進後廚。

白素貞 -22

22

尼斯飛巴黎的機票不貴，單程只要8o歐元，加上打出租車的費用，估計2oo歐元封頂了。

白素貞的計劃是每天存下Io歐元，這樣二十天後她就能在花都一擲千金了。

可惜人算不如天算，五天後她來大姨媽，為了買衛生巾，那幾天根本沒存下錢，硬生生把"一擲千金"的日期往後挪。好不容易大姨媽走了，她又牙疼，忍了幾天，直到左臉頰腫得像發好的饅頭，這才請假去看牙醫。

治療結束後，出納員遞來賬單，白素貞瞬間有昏死過去的感覺。

大概看患者的臉色不對，出納員好意提醒她可以分期付款。

這無異是場及時雨。

"Fantastique." 白素貞忍不住喊，結果剛上好藥的牙又疼了。

白素貞 _23

23

也不知是不是上帝有意開玩笑，每當白素貞快存夠200歐元時，總有一些小事故發生，瞬間又讓她一貧如洗。

眼看再過兩天就屆滿60天，她害怕再不取，彩金恐怕得充公，所以不管有沒有存夠200歐元，她執意上飛機。

當飛機成功抵達戴高樂機場後，白素貞捨棄出租車，改搭法航巴士線。沒辦法，身上只有十幾歐元，若搭出租車，大概車子還沒到達大巴黎就會被趕下車。

下了巴士後，靠著地圖導航，白素貞很容易就找到彩票中心，並且很快被請去喝咖啡。

在會客室裏，公司經理首先恭喜她，接著讓她明白一些需知，包括1.65億歐元不需要納稅，得主可以一次性領取，或者只領取部分，剩下的由理財公司為她投資，每月可領取不菲的報酬。

白素貞回答她想一次性領取。

那人聽到答案，提醒她以往有中獎人因不知如何有效理財，以致從鉅富又回到原點，甚至欠下債務。

白素貞仍堅持一次性領取，他便不再囉嗦，著手開始辦理相關手續，包括將彩金匯入指定銀行內。

一個多小時後，經理終於表示大功告成。

白素貞笑了，錢入口袋就是這麼舒爽！

經理問她接下來有何計劃？白素貞開玩笑地答待會兒就去取款，然後把錢鋪在香榭麗舍大道上……

誰知經理馬上潑來冷水——這種大額匯款不會馬上到賬，通常需要多日。

這大概是本年度聽到的最恐怖消息。

白素貞如喪考妣地走出彩票中心，口袋裏只剩幾歐元，她又拉不下臉跟方才的經理借錢，眼看今晚就要露宿街頭，這如何是好？

她渾渾噩噩地在街上晃蕩，也不知走了多久，當她覺得又飢又渴時，一聲"Blanche～"傳來。

白素貞轉過頭去，頓時看到了曙光。

白素貞 -24

24

許邐就站在快餐車旁，他的銀色手臂在空中揮了揮。

"你怎麼在這裏？"白素貞走過去問，心裏是開心的。

"我在等我的皮塔餅。"

真是牛頭不對馬嘴，白素貞問的是他怎麼會出現在巴黎街頭？

"好吃嗎？"白素貞順著他的思路問。

"太好吃了！柔軟的麵糰中塞滿了炸茄子、紫甘藍、鷹嘴豆泥球和調味料，我已經連續吃三天了，一點兒也不覺得膩。"

這個回答提供了一個信息，那就是許邐至少待在巴黎三天了。

當那個中東攤主把做好的餅遞過來時，許邐轉頭問白素貞："妳吃嗎？"

"不了，碳水化合物吃多了容易胖。"

白素貞其實已經飢腸轆轆，但瞄到快餐車上的價目表後，只能忍痛拒絕。

"妳不覺得為了好看，自己已經失去太多？"許邐邊吃邊問。

"的確啊！可是如果不自虐的話，我怎麼找老公？"她哀嘆一聲，"我已經是'剩鬥士'了，再單下去，很快就會成為'必剩客'，最後成為'剩者為王'。"

許邐哈哈大笑，說他第一次遇到這麼好玩的大齡女青年。

"你呢？什麼級別？"白素貞問。

"我跟妳不一樣，早已兒女成群。"

這挺出乎意料，白素貞以為失去左手臂的殘疾人很難找到結婚對象。

當她正想揶揄兩句時，許邐快速將手中的食物塞進嘴裏，然後走向一個迎面而來的男人……

那個男人和許邐有幾分相像，只是體重起碼有300斤，同時臉上帶著殺氣，讓人不寒而慄。

白素貞以為相會的兩人至少會寒暄幾句，結果沒有，他們匆匆"擦肩而過"。

望著遠去的背影，白素貞問："那人是誰？"

"我哥。"

"住在西西里島的那一個？"

"嗯！"

白素貞緊接著問怎麼兄弟倆見面不說話？許邐回覆他哥工作時向來不說話。

"工作？"

"嗯！我負責把他要的東西帶給他，這也是我的收入來源。"

他不說，白素貞根本沒留意方才那驚鴻一瞥，兩人已經完成交接。

"你的收入好嗎？"她問。

"挺好的，餐餐吃皮塔餅也沒問題。"

聽他這麼一答，白素貞認為開玩笑的成份居多，所以禮尚往來（用玩笑話包裝自己的真實想法），說："好歹你還有皮塔餅可吃，我已經餓一天了。"

許逼沒聽懂白素貞的"以退為進"，責備她光為了瘦，不懂得愛惜自己。

見情勢對自己有利，白素貞乘勝追擊，表示不是自己不愛惜自己，而是錢包丟了，現在身無分文，連晚上的落腳地都沒著落。

"需要多少？"許逼直問。

鑑於他倆"有點兒熟又不太熟"的關係，白素貞不敢多要，可是萬一要少了，錯過這次，恐怕難有下一次，這可怎麼辦？

由於遲遲沒回覆，許逼誤會她不好意思開口，於是拿出錢包，把裏面的紙鈔全給了她。

"妳好運氣，稍早前我剛取錢。"他說。

"太多了，"白素貞抽出一半遞回去，"不需要這麼多。"

"拿著！晚上住好點兒的酒店，別為了省錢住在龍蛇混雜的區域，否則有妳哭了。"

許逼不知道自己資助的是身家1.65億歐元的大富婆，這"雪中送炭"的情誼尤為可貴。

"謝謝！過幾天我一定加倍……不，十倍還你。"

"免了。如果真要還，那就捐給國際SOS兒童村吧！"

接著，許遲鄭重介紹這個國際性的民間慈善團體。簡言之，其任務是收養孤兒，並以家庭形式進行管理（由一位無親生子女的單身女性擔任"媽媽"的角色，讓孤兒重新獲得母愛和家庭的溫暖），目前在全球SOS兒童村中生活和學習的孤兒已達六十多萬人。

"莫非你所謂的'兒女成群'指的是這個？"白素貞問。

"當然。"他苦笑，"誰會嫁給像我這樣的殘疾人？"

白素貞頓時五味雜陳，她討厭自我貶低的人，但又不得不承認他的確有先天上的劣勢，而明知自己條件不佳還想著幫助別人，這種情操又挺難能可貴的……

"妳怎麼了？表情怪怪的喔！"許遲問。

"哪有？"白素貞瞬間回到現實，"我答應你會捐款給這個慈善團體，但欠你的錢也會十倍還你。"

許遲覺得眼前的這個女人有點兒奇怪，身上沒半毛錢，口氣卻很大，彷彿錢在她眼裏根本無足掛齒，要多少有多少似的。

"隨便妳。"他答。

"那麼給我你的銀行卡信息，過幾天我一定匯過去。"

許遲答幹嘛那麼麻煩？一通電話，他馬上出現。

"不，不見面，因……因為……我不見得在此地久留。"

話都說到這個份上，再怎麼反應遲鈍，許遲也明白這個女子並不想和自己親近，於是給了她銀行卡信息。

"記住哈！如果超過一個月沒匯，得加上利息。"許遲開玩笑地說。

沒料到白素貞卻當真了，她一臉嚴肅地答："不需要這麼久，倘若真的超過一個月，我也會以十倍的利息賠給你。"

開玩笑最怕上綱上線的人，許暹也是。

“ Au revoir.”他說，意思是過幾日也許再見。

結果白素貞卻回覆Adieu，意思是這一別應該不會再見了。

白素貞 -25

25

由於不知彩金何時才會到賬，白素貞決定先回尼斯。就在排隊等待值機時，白素貞聽到後面的乘客談起1.65億歐元的EuroMillions得主終於出現了，雖然採匿名的方式領取彩金，也沒露臉，但賣出彩票的店主卻斬釘截鐵地說是被一位亞裔女子給買走的，因為只買一注的人並不多，所以印象深刻，加上這個女人是最後一名顧客，剛好與得獎彩票售出的時間吻合，肯定是她了……

乘客談得興起，白素貞卻已悄悄退出排隊的隊伍。

"這下子回不去了，除非我想成為被綁架的對象。"她心想。

被迫留在巴黎，第一件得解決的便是經濟問題。老實說，吃喝事小（一塊麵包一瓶水也能裹腹），但住的問題卻很大，因為在寸土寸金的巴黎，即使是經濟型酒店，等閒也要80歐元上下（也就是說如果連續不吃不喝地住上十天，她手裏的錢剛好用完）。

可想而知，在這段等待的日子裏，白素貞過得有多糟心。每天天一亮，她就步行到距離酒店約兩百米處的提款機查看；中午吃過飯再查一次；最後趁著傍晚天未黑時又查一次，天天如此。

還好在預計退房（口袋裏的錢已不足以支付房費）的那日清晨，當白素貞頂著黑眼圈去酒店附近的提款機查看時，屏幕上跳出好多個零。

白素貞用力眨了眨眼，再定神一看，沒錯，錢終於匯到。

"Formidable." 她大喊，快樂得像一隻飛出牢籠裏的鳥兒。

白素貞 _26_

26

飛機抵達尼斯後，白素貞沒停留，緊接著坐出租車至摩納哥的大都會酒店，一晚的海景豪華套房要價1200歐元。

白素貞之所以逃到物價昂貴的國家"避難"，絕不是一時興起或衝動下所做的決定，相反的，這是她深思熟慮的結果——雖然和真正的鉅富比，她像一株小草一樣卑微，但和大部分的平民百姓比，白素貞的財富多到能讓人起歹念，那麼如何保護好自己的生命和財產安全，第一個想到的便是摩納哥，一個每60人就有一名警察及到處都是攝像頭的國家。

白素貞–27

27

白素貞坐在陽臺上邊眠雞尾酒邊欣賞海天一色，直到感覺無聊了才拿起手機撥打。

接聽電話的房東一聽說她不租了，而且很好意思地沒做善後工作就拍拍屁股走人，氣不打一處來。

白素貞早有準備，請她發怒前先檢查一下自己的銀行賬戶。當得知"前房客"給她多匯了兩個月的房租且不準備要回押金，同時屋內遺留的東西（只要她想要）也全歸她時，"前房東"瞬間平靜下來，並且很誠心地祝福白素貞在摩納哥生活愉快。

第二通她打回國內，本想讓父母分享喜悅，但最後還是沒說，因為怕"炫富"會給自己帶來無窮無盡的麻煩（譬如兩個老人開始干涉她如何用錢等等）。當然，奉養父母的責任她沒忘，只是時候未到。

第三通她其實挺想打給許週，當時沒互留聯繫方式真是失策，因為她不小心把他的銀行卡信息給刪了，這可怎麼辦？

沒能如期還錢給"恩人"讓白素貞如鯁在喉，但答應過的捐款卻沒食言。從某方面來說，白素貞現在也算是"兒女成群"了。

白素貞 -28

28

摩納哥是購物天堂，對富豪們尤為友好，因為種類繁多且免關稅……呃！這麼說好像也不盡然，富豪們買東西向來不看價格，所以有沒有關稅，影響不大。

不管如何，白素貞挺高興能"撿便宜"，即使奢侈品對她來說非必要（買它無非買個經驗，她想知道使用奢侈品會不會對她個人造成影響，譬如更有魅力）。

摩納哥能購物的地方相當多，但首站她還是選擇大都會購物中心，原因在於離她住的酒店最近，還不到一百米。

沒想到白素貞揣著"鉅款"上門，卻被櫃姐冷眼相待，大概她身上還有殘留的窮酸味吧！

" Pardon.Je veux acheter ca." 白素貞指著櫥窗模特兒身上的杏色連衣裙說。

面無表情的櫃姐這下子總算有了表情，她問她難道不試穿？白素貞答不需要，包起來。

拎著古馳的購物袋，白素貞接著來到Prada買鞋和包，果然得到比較好的待遇。

想起自己還需要一些貼身衣物，經過La Perla時，她不忘進去採購。老實說，白素貞挺不明白為什麼那麼少的布料會定價這麼高，畢竟除了親密愛人和自己外，不會有任何人知道外衣底下穿了什麼。

買完近期需要的東西後，白素貞打道回府，就在酒店大堂的鏡子前，她發現該打理一下自己的亂髮。

"明天吧！順便買買化妝品，我那套應急用的化妝品早該淘汰了。"她心想。

白素貞-29

29

白素貞問酒店包月打不打折扣？前臺問過經理後表示無法給折扣，但能提供每日一人份的自助早餐。

這個offer顯然不給力，因為連續自費吃了三天的自助早餐後，白素貞已經有點兒反胃了。

眼下她有兩個選擇，一是換酒店（順便嚐嚐別家的早餐），二是買房。由於歐洲銀行大多採取存款零利息的政策，所以她把錢轉存入英國，年利息約有0.4%，也就是說在不支取本金的情況下，每個月能拿到約五萬歐元的利息，用它來支付昂貴的五星級酒店綽綽有餘，問題是白素貞總不能餐餐都外食且所有的衣服都送洗吧？！再說，酒店偶爾住住還挺輕鬆愉快，長期就少了家的感覺，而她是一個非常戀家的人。

就這樣，買房一事正式被提上日程。她打算買一棟面海的獨立屋，天天聽著海濤做夢……

白素貞 -30

30

白素貞在電話中告訴房產仲介她的需求，不知何故，連續被掛斷，直到一個帶著奇怪口音的人接聽，她才知道自己有多麼"不知天高地厚"。

原來除了王室家族外，沒有任何人可以在彈丸之地的摩納哥擁有獨立屋，因為買下一塊地皮已經從錢的"小"問題上升到影響整個國土面積的"大"問題上，難怪仲介會掛她電話，因為除了惡作劇外，沒別的解釋了。

" Desole. Je ne le sais pas." 她為自己的孟浪致歉。

" Ca ne fait rien." 仲介答，接著表示手中恰好有一套剛開售的公寓，問她願不願意看看？

白素貞正閒著無聊，立馬答應下來。

來接她的是一位阿拉伯裔小哥（電話中倒沒聽出來），別看他的衣著很傳統，開的卻是最拉風的跑車，白素貞不免懷疑是不是公司車。

在車上，仲介問她的購房預算是多少？

白素貞早有準備，丟給他一句"無預算"，他立馬閉嘴。

這位小哥帶看的是一棟摩天大樓，內設圖書館、電影院、媒體工作室、衛生中心、遊藝廳以及多個游泳池，盡顯奢華。欲出售的公寓位於中間樓層，實際面積達到220平方米，有個大陽臺，能將地中海的美景一覽無餘。

大致看完，又問了幾個基本問題後，這位穿白袍的小哥立即拿出一份基本資料要她填寫（大概害怕買家私下跟屋主或別的仲介完成交易）。

當白素貞填寫到預算時，發現起始點定在五百萬歐元，也就是三千五百多萬元人民幣，於是隨口一問所在位置的房價。仲介的答案讓白素貞倒吸一口氣，原來買下這個公寓後，她的彩金將去掉1/4。

白素貞佯裝鎮定，要他帶看下一家。結果看的是兩層複式，比第一家大上三倍不止，還包括一個佈滿鏡子的私人舞廳和超大觀景平臺（平臺上種著一棵約五米高的樹，是真樹，非裝飾品）。

這下子她連價格都不想問，直接飄過。

回到酒店，白素貞忽然發現眼前這個每晚要價1200歐元的60平米房間真是良心價，值得跪下來磕頭謝恩。

白素貞 *31*

31

中獎後的日子裏，白素貞怎麼舒服怎麼來，每天都睡到自然醒，然後到外面溜達，吃吃美食再買些華而不實的東西哄自己開心。當然，她沒打算就這麼醉生夢死下去，但在想好該怎麼花這筆老天爺賞賜的鉅額錢財前，她允許自己過上紙醉金迷的生活。

這一天，當白素貞正大啖利穆贊小牛肉時，餐廳內走進來兩個人，她立即煞白了臉。

那兩人也看到她了，彼此交談一會兒後，很"體貼"地坐在離白素貞最遠的位子上。

這下子白素貞食不知味了。

思前想後，她決定用另外一種方式來挽回局面。

沒多久，許逼走過來，問她介不介意他坐下？

"請坐。"她答。

許遷坐下後，問她為什麼要送上葡萄酒？

「這樣你才會主動走過來和我講話。」她停頓了一下，「聽著，我不是故意不還你錢，而是你的銀行卡信息不小心被刪除掉。這樣吧！你現在給，我立馬匯過去。」

「妳誤會了，我從來沒懷疑過妳會故意不還錢，相反的，我挺擔心妳出事了。既然妳人好好的，貌似過得還不錯，我也就放心了。」

在白素貞的一再堅持下，許遷還是給了銀行卡信息。

一番操作後，她說：「好了，已經匯過去了，應該過幾天就會收到。現在你記一下我的手機號，如果還是沒收到，通知我一聲。」

就這樣，他倆互留了手機號。

辦完正事，白素貞和許遷忽然無話可說。過了一會兒後，許遷表示他還是回位把白素貞送的葡萄酒喝完，否則就浪費了。

「也是。」白素貞附合著，「對了，這次你哥倒與你說話了。」

「當然，現在是他的休假日嘛！」

「待會兒你們上哪兒玩？」

「今天剛到，累得很，先回大都會酒店補個眠再說。」

白素貞的心喀噔了一下，怎麼湊巧住到同一家酒店？

「那麼祝你們有個快樂的假期。」她說。

「借妳吉言哈！」他答。

白素貞 32

32

本來白素貞就有換酒店的想法，後來因為懶，加上已經習慣酒店的一切，所以也就沒更換。今天忽聞許遛和他哥住進來了，擇日不如撞日，就今天吧！

當她來到酒店大堂準備辦理退房時，不巧與剛回酒店的許氏兄弟撞個正著。

"我……我幫我老闆辦理退房。"她解釋（還好酒店前臺聽不懂普通話，所以不會拆穿她的謊言）。

"忘了問，妳做的什麼工作？"

"我……祕書，大老闆的祕書。"

"聽起來很牛的樣子。"

看許遛談興正濃，白素貞趕緊把他哥拿來當藉口，說："你哥看起來很累的樣子，還是回房間休息吧！"

話都說到這個份上，許遐也只好道別。

兩兄弟一走開，白素貞不禁感嘆這個許遐好像永遠甩不掉似的，話又多，反觀他哥卻太寡言，簡直當她是空氣。

白素貞 -33

33

白素貞搬到摩納哥王宮附近的酒店，每天都能從窗口看到衛隊進行交接儀式。

就在看了不下十多次交接儀式後，許遲打來電話，問白素貞是不是匯錯款了？

"沒有匯錯，我答應還你十倍，包括延付的利息。"

"我當妳開玩笑……不行，我不能收這個錢，沒道理。"

"如果真不收，那就捐給國際SOS兒童村吧！"

白素貞話一說完，對方沉默了。

"你還在嗎？"她問。

"在。"他又沉默了一會兒，"今天天氣好，我剛看完摩納哥王宮的衛隊交接儀式。"

"我也看了。"

"妳……妳在哪裏？"

白素貞這才意識到他誤會了，趕緊解釋自己並不在現場，而是從住的地方望出去，剛好能看見王宮衛隊的交接儀式。

"妳參觀過摩納哥王宮了吧？"他問。

雖然白素貞已經在摩納哥待了近一個月，卻一直沒參觀過這個地標式建築，這很像家門口就有個網紅地，所以不著急打卡（反正來日方長）。

"還沒呢！"她答。

"要不要一起來？"

白素貞本想拒絕，但一聽到門外傳來吸塵器被啟動的聲音，知道酒店人員即將展開清潔工作，她忽然不想待在房內。

"好，你等我半小時。"她說。

白素貞 34

34

摩納哥王宮被喻為這個國家的守護神，主要分為兩個部分，一是王室的私人住所和辦公場所，另一個則是博物館。

博物館對外開放，一走入，彷彿瞬間貫穿了好幾個世紀。瞧！十六世紀意大利風格的長廊和壁畫、路易十五式的金燦燦客廳、金藍相間的藍廳、彩色細木鑲嵌的馬薩蘭客廳、裝有文藝復興時期大壁爐的王位廳、十七世紀的巴拉丁小教堂、白石修建的聖馬力塔、卡拉爾大理石建造的雙螺旋樓梯和大殿……

一飽眼福的還不止此，王宮外的廣場陳列著路易十四時期鑄造的炮臺，從廣場的東北側望去，還可以看到蒙特卡洛港，視線最遠甚至能達到意大利的泊蒂凱拉角。

“嘖嘖嘖！民脂民膏啊！”許邅說。

“我以為這時候應該讚歎王宮的富麗堂皇才是。”

“妳真這麼想？”

經他這麼一問，白素貞赫然發現自己的心態發生了變化，以前她挺能和勞苦大眾產生共情。

見白素貞語塞，許邅見風轉舵，說：「這王宮好，一看就知道沒有偷工減料。」

「貧嘴！」她推他一把，笑得像個瘋子。

等她笑完，許邅問：「想不想看格蕾絲王妃的玫瑰園？」

白素貞答：「想，現在就去！」

格蕾絲王妃的玫瑰園離王宮有一段距離，種植了三千多種玫瑰，是世界上品種最豐富的玫瑰園。

「玫瑰為什麼象徵愛情？」當他倆漫步園中時，許邅問。

白素貞糾正只有紅玫瑰象徵愛情，這要從希臘神話講起。話說愛神阿佛洛狄特為了尋找愛人阿多尼斯，奔跑在白玫瑰花叢中，花刺刺破了她的手也刺破了她的腿，鮮血滴在白色的花瓣上，從此紅玫瑰便成了愛情的象徵。

聽完解說，許邅奔跑起來。

「喂！幹嘛呢？」她喊。

「我在尋找我的愛人。」

跑了一圈後，他停在她面前。他們兩人有短暫的沉默，彼此都能聽到對方急促的呼吸聲。

「找到了嗎？」她問。

「不知道，等妳告訴我。」

「什麼意思？」

「我喜歡妳，妳呢？喜不喜歡我？」他反問。

梧桐路上的白素貞……

梧桐路上的梧桐樹身影早已深深刻畫在白素貞的腦海裏，她記得春天時從枯枝上冒出的新芽，也記得夏天時從樹上傳來的蟬鳴，更不會忘了秋天時的落葉飄零和冬天時那無可避免的蕭條景象……

每當白素貞說起家住梧桐路時，聽者無不露出傾羨的眼神。也難怪，梧桐路上有多棟老洋房，個個身價不菲，可惜它們都與白家扯不上關係。

話說這次回國，白素貞是帶著目的，那就是讓一輩子為她操勞的父母能從簡陋的"出租房"搬出來，住進同一條路上的深宅大院，讓多年的"誤會"成為事實（她忘不了父母為了湊齊她的留學費用，賣了唯一住房，再跟買家簽下租房合同的慘狀）。

"素貞，怎麼剛回來又要出去，不休息一下嗎？"母親對她說。

"我跟朋友約了見面。"

"朋友？什麼樣的朋友？"母親的眼睛亮了，"如果談得差不多，不妨帶回家給我和妳爸看看。"

白素貞覺得好笑，碩士兩年，工作一年，待業（或打零工）半年的時間裏無消無息，反倒回國第二天就有"朋友"了？這思路也太不可思議了！

"不是妳想的那樣啦！"白素貞立刻否認，"我的老闆想投資中國房地產，他讓我先過來瞧瞧，如果合適就買下，所以我約了仲介看房。"

"看哪裏的房？"

"梧桐路上的老洋房。"

母親驚歎一聲，提醒她那些房子起碼一億元起步。

"放心，我老闆有錢得很！"

白素貞的計劃是以"老闆"的名義買房，再藉口需要人照看房產，如此騙父母搬進去居住，又因得月月發"工資"，實現給父母"零花錢"的目的。

"要不要我跟去，可以順便幫妳砍砍價？"母親不放心地一問。

白素貞不得不阻止，萬一仲介說漏嘴，她的完美計劃就泡湯了。

"媽，花的是老闆的錢，妳心疼什麼？"

她母親想想也對，叮嚀她晚上回家吃紅燒肉，然後放她出門。

想到肥肉相間、濃油赤醬的紅燒肉，白素貞邊口水四溢邊祈禱："希望今日看房順利，我也好及時趕回家吃飯。"

然而怕什麼來什麼，白素貞站在梧桐路122號門外等了約有十多分鐘，愣是沒仲介的身影。

"喂！人呢？"白素貞沒好氣地打電話質問。

"姐，抱歉，鑰匙在屋主那裏，他堅持要跟潛在買家見面，馬上就到了。"

姐？白素貞心想搞不好對方的年紀比自己還大，好意思稱"姐"？不過話說回來，年輕女子買得起億元房產嗎？那麼對方如此認定也可理解。

"你確定馬上？"她問。

"呃......也許半小時，也許一小時，反正已經在路上了。"

白素貞最討厭沒有守時觀念的人，立刻取消看房。

"姐，別這樣，這個月我沒有帶看記錄，倘若今日再沒有，我怕老闆會裁了我。妳行行好，救人一命，勝造七級浮屠。"

白素貞被最後一句給整得哭笑不得，這不是道德綁架嗎？

仲介立即道歉，說自己不會說話，該罰！這樣好了，他立刻過來陪她一起等。

想到要與一個初次見面的人尬聊，那場面多彆扭呀！白素貞立馬拒絕。

"要不，妳找家咖啡館坐坐，等屋主一到，我即刻打電話通知妳。"他說。

看來也只能這樣了。

掛斷電話，白素貞左看右瞧，發現不遠處就有家咖啡館，於是走了過去。

"歡迎光臨！"

白素貞尋聲望過去，發現店內只有一張桌子兩把椅子，說話女孩就坐在其中一把椅子上（意思是除非與女孩拼桌，否則無位可坐）。

當白素貞想離去時，小女孩站起來，做了個"請坐"的動作。

"不，不用，妳坐，我......"

白素貞話還沒說完，小女孩一溜煙跑向櫃檯後的房間內。

“奇怪！怎麼像是落荒而逃的樣子？”白素貞心想。

其實進來前她也曾猶豫過，因為這家店不僅店名奇怪，從店外還看不見店內，有點兒陰森森的感覺。興許越神祕越讓人感到好奇，想一探究竟的慾望也就越加強烈，結果一進來才發現不過爾爾，除了東西雜、小女孩打扮得像是《愛麗絲夢遊仙境》裏的愛麗絲外，沒什麼特別的。

白素貞坐了一會兒後，決定看看店內的商品。

“嘖嘖嘖！怎麼都是一些奇奇怪怪的東西？”白素貞邊搖頭邊打開右手邊的木盒子，“也只有這錶看起來還算正常。”

她把橙色錶帶的錶取出，戴在自己的左手腕上，貝母做的錶盤在燈光下熠熠生輝。

“那隻錶跟妳很相配。”小女孩邊說邊把馬克杯放在圓桌上。

“我也這麼認為。”白素貞又看了一眼手腕上的錶，“多少錢？”

“送妳，不收錢。”

“那可不成，”白素貞望向櫃檯，“這裏有大人在嗎？”

小女孩笑了，說她正是老闆娘，做得了主。

“妳是？”白素貞也笑了，“不可能，小孩怎麼可能是老闆娘？”

“妳說得對，我這就去叫我媽。”

現在店內又只剩下白素貞一人。

她左等右等，所謂的老闆娘還是沒現身，而桌上的熱可可不斷傳來陣陣的濃烈香氣，她忍不住拿起杯子一飲而盡。

“我以為妳至少會留下半杯，這熱可可挺甜的。”一個女人突然坐了下來，撿起馬克杯查看，“還好留下 1/10 的量。”

熱可可是甜，但對於禁不住誘惑的人來說，完全可以忽略不計。

“很抱歉，我把妳女兒的飲料給喝了，多少錢妳說，我買單。”

“熱可可是特別為妳做的，不要錢。”

白素貞感到迷惑，開門做生意卻不收費，這做的可是賠本買賣？還有，方才小女孩的穿著已經很不尋常，沒想到她母親更甚，直接把英國維多利亞時期的蓬蓬裙穿上身，不知道的人還以為她即將參加化妝舞會呢！

“看來妳並不欣賞我們母女倆的穿著。”老闆娘說。

“也……也不是啦！等等，妳……妳怎麼知道？”

“看妳的微表情就知道了。”

白素貞沒想到自己會這麼藏不住心裏事，看來以後得做好表情控制。

“對了，我挺喜歡木盒裏的錶，多少錢？”白素貞問。

“這裏的東西都是非賣品，除非以物易物。”

這下子白素貞恍然大悟，老闆娘口中的“非賣品”、“以物易物”不過是個幌子，這家店賺的是差價，只要提供的物品貴過想換的，目的就達到了。

“行。”白素貞起身，把手指上的戒指取下放進木盒裏，再把錶戴在手腕上，“我拿走了，Bye！”

“幹嘛急著走？屋主人還在趕來的路上。”

白素貞聽完驚呆了，她……她怎麼會知道？難道又是自己的微表情洩的祕？

“那倒不是，而是妳喝過的熱可可告訴我的。”老闆娘再一次回答白素貞的內心提問。

這是什麼神仙操作？

白素貞趕緊坐下，問：“熱可可還說了什麼？”

“我看看哈！”她真的又注視杯底的深褐色液體，“我看到好多好多的錢。”

白素貞的心喀噔了一下，不會吧？！連這個也知道？

“還有呢？”她繼續問。

“我還看到一個戴銀手套的男人。”

銀手套？原來這個女老闆也不是料事精準，不過這個新發現倒是好的，畢竟太神乎其神的事反而容易讓人感覺不真實。

“那個男人現在在幹嘛？”白素貞又問。

“不清楚，”老闆娘邊轉動杯子邊注視杯底，“目前看不出來。”

此時，鳥架上的黑鳥突然發出“嘎”的一聲，嚇了白素貞一大跳，她以為那是個鳥標本。

老闆娘解釋這隻活生生的黑渡鴉是她的助理，名字叫颯耶，不是標本。

話一落音，叫颯耶的鳥忽然張開翅膀在室內盤旋。幾個來回之後，它從雜物堆裏挑中一根木炭，把它叼到圓桌上。

“謝謝你，颯耶。”老闆娘對它說。

然後鳥兒飛回到鳥架上，再次一動也不動。

接下來老闆娘聚精會神地凝視著木炭，像要將它看穿了似。

“請問⋯⋯”

“噓～別打擾我工作。”

於是白素貞閉上嘴巴。

“嗡吧匝拉⋯⋯恐薩滿壓⋯⋯西地美哉雲雷依⋯⋯嗡吧匝拉⋯⋯恐薩滿壓⋯⋯西地美哉雲雷依⋯⋯”老闆娘將雙手置於木炭上方，同時反覆吟唱著，十根手指上的十隻戒指看起來亮晃晃的。

過了好一會兒，老闆娘才停止這個怪異的舉動，然後以篤定的語氣說：「那個男人正站在王宮外東張西望，他以為妳可以從窗口看到他。」

聽完，白素貞紅了眼眶。回國前，她曾遊歷歐洲近一個月，莫非他就那麼痴痴地等？這個大傻瓜！

「妳喜歡他嗎？」老闆娘問。

白素貞搖頭。

「妳不喜歡他嗎？」老闆娘又問。

白素貞還是搖頭。

「看來問題很複雜。」老闆娘總結。

其實問題說複雜很複雜，說不複雜也不複雜，無非白素貞越來越喜歡許遛，但他不符合她的擇偶標準（尤其還有一隻斷臂）。另外，突來的富貴也是一道難關，她不知該不該向他坦白。

「所以妳打算把他晾在摩納哥，讓他天天看衛隊進行交接儀式？」

「我沒讓他去，是他自己去的。」

「那好，就讓他自生自滅吧！」

白素貞問什麼意思？老闆娘答不需要知道，反正她的心已不在那個人身上。

「話不能這麼說，即使沒走到一起，但朋友一場，我也不願有不好的事情發生在他身上。」

「既然這樣，那我實話實說了——妳的這位朋友不久之後將有血光之災，不管妳有沒有介入，這都免不了。」

「什麼？！」白素貞揚起聲，「快告訴我究竟是怎麼回事？」

「抱歉！天機只能洩露到這裏。」

此時，白素貞的手機鈴聲響起，她接聽了。

"姐，我們到了。"

"對不起，我不看了。"

"不看了？為什麼？"

"臨時有事要辦，我得馬上飛摩納哥一趟。"

"那……那妳回來還看嗎？"

"到時候再說吧！"

掛上手機，白素貞還未開口，老闆娘便對她說："再見，路上小心點。"

人走後，老闆娘起身走向靠牆的置物架，把上面的東西都擺放整齊，再拿出雞毛撢子除塵。做完這些動作，她重新回到櫃檯。

第五位客人：許舟

許舟-1

I

許舟和弟弟許暹一進到餐廳就看到那個女人。

"見到熟人了。"他弟弟說。

"打招呼嗎？"

"不了，吃完再說。"

結果正吃著前菜，服務員捧來一支09年的拉菲干紅葡萄酒，說是坐在窗邊的女士送的。

"我去打聲招呼哈！"許暹起身，"不然不好意思。"

許舟邊喝葡萄酒邊打量那個正在和弟弟說話的女人，雖然不是第一眼美女，但很耐看，應該是許暹會喜歡的類型。

講起自己的弟弟，許舟有說不出的愧疚感，若不是因為兄弟情，他也不會失去半條手臂，這還得從五年前談起……

. . . .

"小許，能幫我去取樣東西嗎？"許舟問。

"老許一聲令下，小許豈敢不從？"

誰也沒料到那個包裹會忽然炸開，還因此炸飛了許遄的半隻手臂。

事後許舟花高價買來先進的智能義肢，但仍改變不了弟弟已成為殘疾人的事實。

"小許，是我害了你，我⋯⋯"

"哥，我一直想要有個像威震天一樣的手臂，"許遄動一動自己的新手臂，"你看像不像？"

說到哥哥許舟，他現在是黑手黨裏面的合夥人（Associate），這是非意裔人員能爬到的天花板（事實上再高沒有，再低也無，所有非意裔皆歸為此），還好黑幫家族裏面尚有個層級比較高的人能與他對接（許舟的角色更接近跑腿和殺手），不致於機密全無。當然，為了博取信任，許舟偶爾也會做些傷天害理的事，但不管扮演的是正派人物還是反派人物，弟弟許遄都起到關鍵性作用，畢竟沒有人會比親兄弟來得更加牢靠。

許舟一直沒問弟弟是否清楚自己的工作性質，估計是知道的，否則怎會次次"無聲"配合？正常人早提問了。

這次兩兄弟的摩納哥之行，表面上是休假，實際上許舟帶著任務，一是給"Don"（黑手黨對頭兒的稱呼）找個金屋好藏嬌；二是暗殺美國人Josh，他私吞了Don的一筆鉅款，輾轉逃到摩納哥，以為神不知鬼不覺，殊不知根本沒逃出Don的手掌心。

許舟 -2

2

吃完不好不壞的一餐，許氏兄弟回下塌酒店，結果在酒店大堂又遇到方才在餐廳裏遇到的女人。

"我……我幫我老闆辦理退房。"她解釋。

"忘了問，妳做的什麼工作？"許逞問。

"我……祕書，大老闆的祕書。"

"聽起來很牛的樣子。"

那女人看了一眼站在一旁的許舟，說："你哥看起來很累的樣子，還是回房間休息吧！"

以許舟多年的識人眼光，這個女人屬於"想的多又優柔寡斷"的族群，自己的弟弟若想攻克，還有一大段路要走。

回到房間，許舟問弟弟："你是不是想追她？"

"她？噢！你指Blanche。沒有的事，我怎麼配得上人家？"

聽弟弟這麼一答，許舟感到難過極了，若不是失去手臂，許遄怎會聯想到配不配的問題？

"只要你一句話，老許幫你搞定她。"許舟對弟弟說。

"別給我惹麻煩哈！我已經經歷過一次，不想再經歷第二次。"

許遄說的是他的前任女友他嫁，結果許舟派人將她劫走一事。

後來許遄親自護送"新娘子"回去，然後目睹曾經的戀人與別人手挽手共赴婚姻殿堂，那滋味宛如刀割……

"對不起，那次我錯判了。不過你放心，這次我一定摸清對方的心意再行動。"

"不了，你還是把心力放在李雯身上吧！"

講到李雯，許舟的心彷彿被擰了一下，那種微微的疼痛像螞蟻在咬，久久不散……

許舟－3

3

許舟是意大利裔華人，他的身材原本猶如海軍陸戰隊一樣結實挺拔，但上級領導一聲令下，許舟一天改吃五餐，餐餐都是高熱量食物，加上四體不勤，很快便成了大胖子。

沒有人告訴他為什麼會被選中當臥底（還是以一個胖子的形象），不過他本人倒是歸納出兩點：

1、他有"不怒自威"的氣質，即使什麼話都不說，那股殺氣也會讓人不寒而慄，符合當"黑幫份子"的外在形象。

2、據說人們對胖子的戒備心最弱。

針對第一點，這其實是個誤會，許舟也許看起來像個"狠角色"，其實內心比誰都柔軟，但上級領導不在乎這個，績效和升遷才是最重要的。

許舟－4

4

"我出門了。"許舟對弟弟說。

"不吃晚飯？"

"你吃，別管我。"

換作別人，可能會打破砂鍋問到底，但許逼沒有。

走出大都會酒店，許舟立馬鑽進不到兩百米遠的賭場（這也是一開始就安排好的，Josh喜歡賭，許舟就天天到賭場守株待兔，不信等不到他）。

果然兩天後，許舟就發現美國佬的蹤跡。這傢伙雖然換了髮型，戴了眼鏡，還留了個八字鬍，依然沒逃過許舟的火眼金睛。

"這次看你往哪裏逃？！"許舟喃喃道。

許舟 - 5

5

摩納哥到處都是攝像頭，為了找尋適合下手的場所和時機，許舟想破了頭。此時，仲介打來電話說手上正好有兩套房出售，現在就能看。

許舟心想反正還沒想到完美的殺人計劃，看看房子也好，於是答應下來。

來接他的仲介開著一輛亮瞎眼的跑車，語速很快，帶看的第一套房在市區，有無敵海景和良好的公共設施，只是面積不大，裝修偏簡約（帶著一股濃濃的宜家風格），要價一千五百萬歐元。

"開什麼玩笑？簡直搶錢！"許舟嘀咕著。

第二套在山上，面積相比前一套要大多了，但位置有點兒偏，房齡也超過20年，家具看著很有些年份。

仲介後來表示這是一位老婆婆的遺產，她的家人想盡快脫手，所以價格好商量。

如果房是買給自己住的，許舟肯定不會買他人的"遺產"，但Don就說不定了，那樣有膽識的人又怎會在乎房子有沒有死過人？

幾天後，許舟又陸續看了幾套，全都是天價房。他把拍下的視頻一一發出去，最後山上的那一個被挑中。

當仲介聽到許舟代報的價格（一千兩百五十萬歐元）時亦喜亦憂，喜的是這是個誠意買家，否則不會報價；憂的是殺價殺得太狠了，他都不好意思回覆賣家。

許舟要他不妨試試，不試怎麼知道不行？

仲介長嘆一口氣，彷彿面臨一個大難題。

許舟_6

6

仲介打來電話，說賣家還價一千三百萬歐元，因為屋內的大提琴出自意大利樂器工匠葛弗瑞勒之手，已有三百多年的歷史；鋼琴是布羅德伍德家族製的，跟英國皇家御用鋼琴同款；沙發是Roche Bobois；床是Poliform；廚具是……

許舟問莫非房價包含這些？

仲介回答是的，同時表示如果買家不想要，賣家負責搬走，但一千三百萬歐元是一口價，不能再少。

根據許舟的了解，意大利人非常忌諱13這個數字，日常生活中能避則避，他們的酒店房間甚至沒有13號，大樓沒有13樓……等等（這和中國人忌諱4是一樣的道理），所以許舟不認為Don會接受這個帶13的還價。

果然Don通過第三人要他還價一千兩百八十萬歐元，再多沒有，但賣家卻死守一千三百萬這個底價（據仲介說老婆婆的法國家人認為世間的福禍乃一半一半，一旦象徵禍的13出現，剩下的就只有福了，也就是說這是個吉利數字）。

買賣至此成了膠著狀態，許舟以為交易肯定糊了，結果幾天後傳來好消息——賣家同意了。

許舟一時迷糊，老婆婆的家人不是態度強硬嗎？怎麼說變就變？

在許舟的一再追問下，仲介鬆口了，原來他撒了個白色謊言，謊稱只要賣家願意接受買家的出價，買家願意私下再多付13歐元，也算是給個好彩頭（當然，這13歐元是從仲介的荷包裏掏出來的）。

與64萬歐元的佣金比，13歐元算得了什麼？許舟不禁佩服仲介的機智，花點兒小錢就把買賣雙方都擺平了。

房子的事解決後，許舟開始煩惱殺人的事，哪知不過幾天的工夫，賭場便沒了美國佬的身影。

許舟趕緊到他租下的公寓外蹲守，依然無果，這下糟了！

暗殺行動失敗，代表有個嚴厲的懲罰正等著他，許舟不禁膽戰心驚。

沒等他向自己的"上級領導"請示，黑幫"指揮官"要他馬上飛到拉文納執行任務（可見Josh還是沒逃過黑幫的手掌心）。

講到這裏就不得不介紹一下黑手黨的內部層級：

1、老闆（**Don**）：黑手黨的頭兒。

2、顧問：最接近老闆的親信，負責出謀劃策兼調解家族的內部糾紛。

3、二老闆：通常由老闆的親戚擔任，若老闆入獄或就醫，他就替補上，成為臨時代理人。

4、執法者：對違反黑幫規定或沒達成任務者給予處罰。

4、指揮官：對士兵下達命令。

5、士兵：具體行動的執行者。

6、合夥人：所有非意裔成員皆歸為此。

由此可見黑手黨的層級劃分明確且層層隔離，那麼"指揮官"對身為"合夥人"的許舟下達命令也就不難理解。

針對新任務，許舟立即回覆"D'accordo"，然後轉身著手打包。

"哥，你去哪兒？"許遏問。

"拉文納。"

"那我呢？"

"你自己看著辦。"許舟停下打包的動作，"你和那女的有戲嗎？"

許遏答尚不明朗，還在等回覆。

"那要等到什麼時候？打個電話給她，問她要個痛快話。"

"她的手機關機了。"

聽到這個，許舟心如明鏡，但還是為自己的弟弟打氣："加油！我等你的好消息。"

許舟－7

7

許舟先從尼斯飛威尼斯，再打車至拉文納，出租車司機說大概一個半小時就能到，於是他邊看窗外風景邊天馬行空地遐想，思緒最後飛向三年前，當時他還是一名精壯的菜鳥警察，而李雯是國內來的留學生，他倆的第一次見面就在拉文納的聖維塔教堂門口……

" @#%¥*$，capisci?" 一位意語還不太流利且鼻尖上有顆痣的女生攔下許舟說。

其實前面她說的什麼，許舟不是很清楚，但後面的"capisci？"（聽懂了嗎？）倒是聽懂了。

"我不懂妳在說什麼，能再說一遍嗎？"許舟答。

"原來你會說普通話。"她明顯鬆了一口氣，"我的意思是教堂正在維修，不能進入。"

許舟問維修什麼？她答牆面和地面的馬賽克需要定期修復，否則會脫落或失去光澤。

"哎！我怎麼這麼背？千里迢迢來到這裏卻見不著。"許舟忍不住抱怨。

女生說沒那麼糟糕，拉文納有8處世界遺產，錯過這個還有其他7處可看。喏！前方那棟低矮的十字型紅磚建築就是加拉普拉西迪亞陵墓，當身臨其境時，彷彿進入到浩瀚宇宙的深處，又像漫步於璀璨的星河之中⋯⋯

"原來妳是導遊。"許舟說。

"不，我是學生，主修文物修復。"她答。

等許舟參觀完拉文納的其他7處世界遺產後，不由自主地又來到聖維塔教堂，此時門口站著的是一個戴眼鏡的洋妹，做的同樣是阻止遊客進入的工作。

他在教堂附近徘徊了一會兒，還是沒見到昨日的那位女生，不免有些惆悵。

"我以為回西西里島前還能再見面，這樣我就能跟她要手機號。"他心想。

許舟很喜歡東方女孩，她們含蓄而不隨便，尤其一雙丹鳳眼很迷人，像來自一個神祕的國度。

昨天遇到的女生就擁有以上特質，當然，他還不知道她隨不隨便，但看起來的確很含蓄，同時還具備如假包換的丹鳳眼，相當吻合他的女友標準。

由於沒見到東方女神，許舟打算先吃飯去，等吃完飯再回到這裏，如果還是不見伊人倩影，他會問問她的"同學"，只是"完美"的藉口目前尚未找到，這個比較麻煩，因為他不想讓人誤以為自己是個登徒子。

誰也沒料到他會在餐廳裏遇到想找的人。

"我以為你已經離開了。"女生說。

"還剩最後一處世界遺產未見，就這麼離開未免可惜。"他答。

那女生欲言又止，最後還是把話吞下。

"不介意我跟妳一起坐吧？！"許舟問。

"不介意，請坐。"

此時，服務員走過來問許舟吃什麼？他一時拿不定主意，於是女生告訴他這家店的招牌菜是洋蔥炒豬肝、意麵和鷹嘴豆燉肉丸。

許舟按女生說的點，待服務員走後，他問："怎麼妳不點招牌菜？"

從女生尷尬的表情，他意識到自己說錯話了，學生哪有什麼錢？當然點便宜的吃囉！

"我叫許舟，是剛入職的菜鳥警察，如果不是處於度假中，我也不會放縱口慾去點這麼昂貴的一餐。"他趕緊亡羊補牢。

"原來你是警察，難怪看起來很兇的樣子。"

"我也有溫柔的時候，只是妳沒看到而已。"

不知怎的，話題一下子冷下來。許舟不知道哪裏說錯了，心裏很著急，還好女生開口了。

"你是不是很想看聖維塔教堂的內部？"她問。

"當然，警察休一次長假也不容易。"

"那麼你下午五點半過來，我讓你瞧一瞧。"

"沒問題嗎？"

"今天我負責關門，只要你答應不碰任何東西，應該沒什麼問題。"

許舟很好奇為什麼她會為他大開方便之門？女生答因為他是人民警察，理應獲得禮遇。

他後來按時赴約，一走進聖維塔教堂便被華麗的光澤所驚
豔，那些金碧輝煌，宛如寶石的馬賽克鑲滿了牆壁和廊柱，
腳底下則是淺色的馬賽克幾何圖形地板。放眼望去，彷彿置
身於一場豪華的藝術盛宴。

"這些鑲嵌畫的主要內容是《聖經舊約全書》的場景。瞧！
這是亞伯拉罕準備獻祭以撒……那是亞伯和麥基洗德……往上
看是四位天使圍繞上帝的羔羊……拱門上是耶穌和十二門
徒……"

經女生這麼一解說，彷彿天書被破解了，許舟頓時豁然開
朗。

"妳應該去當導遊。"許舟有感而發。

"文物修復專業得讀五年，本碩連讀，我花費五年的時間不
是為了當導遊。"

"五年？好久啊！"

"還好啦！反正已經是最後一年，等畢業後就有進賬了。"

許舟問難道她目前做的沒收入？她答當然沒有，在校實習生
能接觸文物已經很不錯了，哪敢奢求其他？

"難怪她只敢點湯喝，吃這麼點兒哪夠？"許舟心想。

後來女生主動和許舟交換聯繫方式，還說有個警察朋友，心
裏踏實多了。

許舟求之不得，同時沒忘了問她的名字。

"聽說警察查人很容易，我倒想知道你多快能查到我的名
字。"她調皮一答。

許舟三兩下就查到她的基本信息：李雯，家裏的獨生女，五
年多前來意大利留學，學校成績中上，是中國學生會的幹
部，無犯罪記錄……

"你好厲害呦！只用了半天的時間。"李雯在電話中稱讚。

其實前後只花了十幾分鐘而已，但許舟不想更正，還因怕她誤會自己知道的太多，刻意隱瞞了很多細節。

接下來的半年裏，他倆的感情日益增長，跟熱戀中的男女無異，直到上級領導要許舟增肥當黑幫臥底，兩人的關係才嘎然而止。

"李雯肯定恨死我了。"他心想。

李雯的確恨他，許舟的離開很突然，連"分手宣言"都沒說。

為了能"死得明白些"，李雯甚至到他工作的警局找人。當得知"查無此人"後，她哭得撕心裂肺，原來過去半年她和一個騙子談戀愛，世間還有比這個更慘的事嗎？

李雯後來花了兩年多的時間才慢慢走出陰霾。

以許舟的職務之便，很容易就能查出昔日愛人住在哪裏？做什麼工作？但他一次都沒找過她。除了害怕自己相思決堤外，他痴肥的身軀也是一道過不去的坎。

沒錯，許舟想等到退出臥底工作的那一天再以硬朗挺拔的身姿重新出現在李雯面前，然而這樣的夢想能實現嗎？

許舟－8

8

到了下塌酒店，椅子還沒坐熱，"指揮官"就給許舟發來地址。他上網一查，乖乖，竟然就在聖維塔教堂附近。

許舟思忖著明日就去踩點，與此同時，他不免懷疑為什麼"執法者"到現在還沒對他動手？按理說他錯過了第一次的暗殺行動會被黑手黨的"執法者"給予處罰。

左思右想，他忽然靈光一閃，他不是剛幫Don買下房產？也許"執法者"認為他有功在身，可以給予二次機會。

這的確很符合黑幫的作風——有恩必還，有仇必報。

許舟很快便接受這個推論（天哪！過去幾個小時他一直惶惶不安，到了草木皆兵的程度）。

9

美國佬Josh這次戴上捲曲假髮，看起來有點兒不倫不類。

許舟跟蹤他一起來到超市，不出意外的話，離開超市後的Josh會到街口的烘焙店買甜點，也許是CHOC-A-LOT，也可能是Cannelés，或者兩者皆有之。換句話說，許舟對這個人已經觀察良久，是時候動手了。

此時的許舟邊嚼口香糖邊哼歌，一轉身，身後那位穿黃夾克的男人立即蹲下身繫鞋帶，縱使他的鞋帶看起來沒有任何不妥。

這些日子以來，許舟老能見到這個男人，早已見怪不怪。

Josh買完甜點，腳步輕快地步上回家之路。就在轉角處，許舟一個箭步上去，朝他的大腿給上一針，Josh隨即倒下。

許舟頭也不回地繼續往前走，像無事發生似的。

完成任務後，他給"指揮官"發暗語，翻譯成中文就是"買完羊肉了，正打算回家。"。

結果"指揮官"要他回家前先到公園看看小白花。

公園代表摩納哥，小白花則是Don的最新情婦。

"Insulti！"許舟咒罵著，"這女人又搞什麼鬼？"

許舟 – 10

10

許舟是黑手黨裏的合夥人，這個非意裔的角色在組織中不怎麼受待見，然而近期他卻被委以重任，既代買豪宅，又負責殺了Don的眼中釘，代表組織正在測試他的忠誠度和能力，這讓許舟相當苦惱。經手大筆資金不是事兒（他不會笨到中飽私囊），但殺人怎麼辦？他可是正兒八經的警察，不是殺手。

結果上級領導要他別擔心，只要羊兒安靜下來，剩下的就交給老鷹。

看來那個穿黃夾克的人正是老鷹，不知他要如何處置昏迷中的人並且讓他合法死去？不過這已不是許舟該操心的，他現在的問題是飛到摩納哥去解決小白花的疑難雜症，根據過往經驗，這個脾氣捉摸不定的女人絕不會讓他好過。

11

" ......Maledizioni......Ma che cazzo fai......Che cazzone......Minchia ......Che cazzone......Porca miseria......"

當Don的女人不生氣時，模樣倒挺可人的，但只要生起氣來，五官的位置都會移位，而且什麼難聽罵什麼，這可不，短短幾分鐘，她已經把意大利的國罵全罵了個遍。

無端被波及，許舟也挺無奈，房子是Don指定要的，他可沒拿著手槍逼他買。再說，她也不過是新寵，能不能受寵到今年年底都說不定，值得為一個不屬於自己的公寓張牙舞爪、火冒三丈嗎？

" Cosa vuoi che faccia?" 許舟問。

女人答她要屋內的裝修全打掉，換成她喜歡的樣子。

許舟說這簡單，只要Don答應，過幾天裝修隊就能進場施工。

女人信心十足地答Don已經答應了，但裝修隊要許舟去找，另外她還需要一個符合身份地位的暫居地，不能是酒店，她討厭酒店。

許舟心想Don真是搬石頭砸自己的腳，早知如此，買什麼房？租一個不香嗎？何況屋子裝修完畢時，搞不好已經對這個婆娘失去興趣了……

當然，許舟不可能把心裏話說出來，而是畢恭畢敬地接下工作。

女人見許舟的態度不錯，也不好再用髒話問候他，於是揮揮手讓他走。

離開價值一千兩百八十萬歐元的房，許舟如釋重負。目前他有兩件事要做，一是租下一個能讓女人稱心如意的房；二是找裝修隊。

許舟想了想，決定問問之前交易過的仲介，他是本地人，應該能給出好建議。

12

那名仲介幫了大忙（或者可以說雙贏），不僅快速提供了一個"高大上"的住房，連裝修隊也在趕來的路上。

搞定這些後，許舟才想起自己的弟弟，於是一通電話打過去。

電話中的許遑答他還在摩納哥，一時半會兒不會離開。

"你和那女的有戲了？"許舟好奇一問。

"她叫Blanche，"許遑停頓了一下，"我們正在交往，不過不太順利，大概她挺介意我是個殘疾人。"

許舟要弟弟別妄自菲薄，如果對方真在意，又何必開始？這說不通呀！

許遑承認自己多少有自卑心理，或許真的想多了。

"把她叫出來，我們一起吃個飯。"

許舟的意思是順便幫弟弟把關一下，結果到了餐廳才知道Blanche臨時有事不能來。

"能有什麼事？看來弟弟的擔憂並不是空穴來風。"許舟心想。

許遲倒沒有說洩氣的話，而是催促哥哥點餐，想吃什麼任點，這餐他請！

摩納哥有很多餐廳，許遲約的這一家卻相當奇特。

"你不覺得這地方有點兒詭異？"許舟忍不住問。

這家餐廳的最顯眼位置擺著一尊約五米高的金色大佛，整個空間充斥著大量的東方元素，包括巨大的龍行圖騰、金色的古漢字、迷幻的紅色吊燈……等，這些濃郁而華麗的氣息在昏暗且妖嬈的燈光下顯得無比莊重、神祕。

"這是Blanche推薦的，如果你不喜歡，那麼我們換別家。"他答。

"不用了，"許舟開始翻菜單，"既來之則安之。"

菜送上來後，才發現這是披著中國菜的外衣，賣討好外國人的菜色（好比春捲包的不是三絲，而是起司；宮保雞丁成了宮保雞塊，淋的是番茄醬；北京烤鴨也非北京烤鴨，餅皮是蔥油餅，生黃瓜換成了酸黃瓜……等），可是許舟和許遲卻頻頻點頭說好吃。

也難怪，兩兄弟從小在意大利長大，改良式中餐其實更符合口味。

此時的許舟不禁想起弟弟的女友，聽說她是道道地地的中國人，中國人卻推薦一家改良式中餐廳，可見是體貼客人，這麼細心的女人不多見，也許真錯怪她了。

"妳的女友替哪家公司工作？"許舟問，他記得那女的曾介紹自己是老闆祕書。

“她沒說。”許暹停頓了一下，“我剛認識她時，她還向我借錢過，後來不僅還了，還十倍地還。還有，摩納哥的消費高，她花起錢來卻很大方，這點挺奇怪的。”

聽完，許舟的心喀噔了一下，他想起Don的女人，又想起糖爸爸（通過給錢、送禮物的方式，找年輕女孩談戀愛的大款），這不挺合理的？

“她不是給大老闆當祕書嗎？錢肯定是不缺的。”許舟回答弟弟的疑問。

“可是......”

“這水煮魚做得好，不輸意式水烤魚。”做哥哥的趕緊轉話題。

# 許舟－13

13

吃完昂貴的一餐，兄弟倆才發現Blanche已預先買單，多付的錢會原渠道返還。

"你女友也太客氣了。"許舟說。

"她就是這樣，總搶著買單，害我挺不好意思的。"

許舟的猜疑心因此更加重了。

與弟弟道別後，許舟開始著手調查，對他來說，這一點兒也不困難，只是結果挺令人錯愕的。

"原來她是EuroMillions史上最大彩金的得主，看來許遛注定要失戀了。"許舟心想。

沒多久，許遛告訴許舟——Blanche人間蒸發了，事前一點兒徵兆也無。

"手機能打通嗎？"許舟問弟弟。

“她沒接，發過去的短信也不回。”

這不明擺著被甩了嗎？

許舟拍拍弟弟的肩膀，一切盡在不言中。

“她沒接，發過去的短信也不回。”

這不明擺著被甩了嗎？

許舟拍拍弟弟的肩膀，一切盡在不言中。

許舟_14

14

許舟可以假裝無事發生，但許邐不能，他天天到王宮看衛隊
進行交接儀式，以為Blanche能從窗口看到他。

"你打算等到什麼時候？"許舟問。

"等到她出現為止，分手也該說清楚，何況我和她之間沒發
生過不愉快。"許邐答。

許舟很想告訴弟弟分手不見得因為吵架（不吵架的分手往往
已經沒有轉圜的餘地），但看弟弟一臉哀感，他把話吞下去
。

"不用擔心我，"許邐很快補上一句，"你若想回西西里島儘
管回，我會照顧好自己。"

許舟之所以待在摩納哥並不是因為弟弟，而是Don的女人需
要一個保鏢兼出氣筒，誰讓他事情辦完沒馬上走，結果又被
安排上了。

“你也不用擔心我，事情辦完我自然會回西西里島。”許舟答。

兩個禮拜後的某一天，Don的女人突然想辦狂歡派對，她讓許舟去找一些白粉來。

找白粉不是難事，許舟害怕的是這女人和她的狐朋狗友們萬一High起來，不知會幹出什麼出格的事（好比從陽臺往下跳），那就不好向Don交待了。

女人一聽火冒三丈，下人竟敢抗命？她立刻動粗。許舟左閃右避，仍被抓了一臉。

如果不是有任務在身，許舟真想回擊，讓那個婆娘嚐嚐厲害，但他也清楚Don的女人不能碰（至少受寵期間不能），只能將事情往上報。

Don知道自己的女人欺負手下也很惱火，但女人撒嬌兩句就把Don的毛給撫順了，換來的是如願以償（白粉照常供應），而許舟也沒白受罪，派對結束後獲准放假三週。

許舟雖不滿意，但辦完事就能離開那女人也是樂事一件，於是勉為其難地接下工作。

15

本來買毒品一事並不需要麻煩自己的弟弟，但他近日魂不守舍，許舟想讓他有事幹（也許有助走出陰霾），所以派他上熱那亞取貨。

"什麼時候？"許遥問。

"明天中午12點在燈籠塔下，錢已付清，你只要把貨帶回來即可。"

"好。"

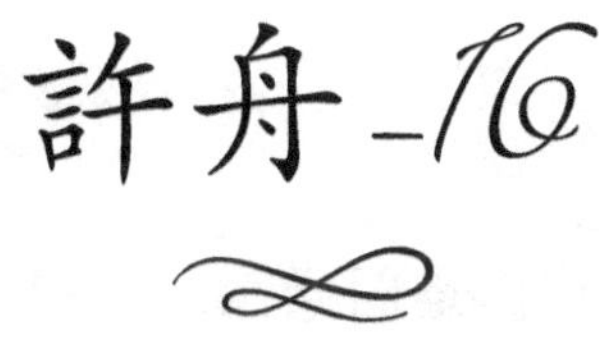

16

熱那亞是意大利最大的商港和重要的工業中心，離摩納哥不遠，開車兩個小時就能到。

由於歷史原因，這個城市內有許多名勝古蹟，譬如聖·洛倫佐主教教堂、聖馬利亞教堂、聖喬治宮、馬可波羅監獄、新街博物館、哥倫布故居以及歐洲規模最大的水族館等。燈籠塔雖然也是地標式建築（它是世界上最古老的同類建築之一，塔身有基督教符號魚和聖喬治十字架），但因坐落在聖貝尼尼奧山丘上，遊客相對沒那麼多，或許這也是毒販選擇在那裏給貨的原因。

許舟要弟弟去取貨，像往常一樣，許暹並沒過問取的是什麼，隔天一早便開著租來的車子往東而去。

到達目的地，許暹取下義肢，然後下車往燈籠塔走去。為什麼取下義肢？一是好辨認，二是降低對方的防備心。

許邐站在燈塔下好一會兒，過往的行人三三兩兩，無一為他停留，突然，一個穿花襯衫的意大利人迤迤然向他走來。

“Buon giorno.”那人向他問好。

許邐也回覆：“Buon giorno.”

花襯衫男人接著四處溜達，沒多久又踅回，這次他改說：“Ciao.”

“Buon giorno”和“Ciao”都是問候語，只是前者應用在非熟人間，後者用在熟人間，這也是當初說好的暗語。

許邐正要回覆“Ciao”時，手機響了，根據來電音樂，是Blanche打來的。許邐躊躇該不該接，表情難免有異，結果花襯衫男人誤會了，拔槍往許邐的腹部給了一槍，頓時血流如注。

“喂！”許邐用盡全身的力氣按下接聽鍵，並且氣若如絲地應著。

“你在哪裏？”

“我⋯⋯”許邐腹痛如絞，“我流血了，告訴我哥，他⋯⋯他住大都會酒店⋯⋯”

接下來的問話，白素貞都得不到回應，心裏很是著急，看來只能找到許舟再說。

I 7

許舟一走進酒店大堂就看到Blanche，她看起來很慌張。

"謝天謝地，你總算回來了。"她說。

"妳怎麼……"

"許暹流血了，他讓我通知你。"

然後Blanche 簡短而快速地把事情經過（包括時間）告訴許舟。

許舟心想中午時分不是取貨時間嗎？那麼弟弟肯定在燈籠塔遇襲了。他立馬驅車前往，同行的尚包括心急如焚的Blanche。

18

醫生說傷者流血過多，目前處於休克中期狀態，情況很不樂觀。

許舟來到病床前，他的弟弟口唇發紺、臉色蒼白、喚他偶有回應，但大部分時間保持沉默。

與許舟的"冷靜"不同，Blanche顯得非常焦躁，一邊來回搓著許遑"唯一"的手掌（想讓發冷的手掌暖和些）一邊要許舟轉告醫生，無論多少錢她都負擔得起，一定得救他......

"妳稍安勿躁，我這就過去和醫生談談。"他答。

哪知正談著話，一位護士忽然大驚失色地闖入，許舟聽聞後知道壞了，嚇得也跟著一起跑向觀察室......

奇蹟並沒有發生，他的弟弟走了，這讓硬漢許舟一下子崩潰，若不是醫護人員攔著，他恐怕會撞得頭破血流。

與許舟的情緒失控不同，此時的白素貞反倒"冷靜"，她一語不發，像死去了一樣。

半個小時過去後，許舟漸漸恢復理智，他意識到無論再怎麼悲傷、懊惱、悔恨，也挽回不了許遄的生命，人終究得面對現實。

在處理弟弟的遺體前，他先聯繫上級領導，表示自己想退出臥底工作。

上級領導倒沒為難他，准他一個月的長假。

許舟糾正自己的退出是永久退出，不僅不再當臥底，連警察也不當，回到平民百姓的角色。

這個突發事件讓上級領導有些措手不及，表示要內部商量過後再給答覆。

掛上手機後，許舟走向Blanche，問她需要什麼？

"什麼都不需要，讓我和許遄靜靜地待上一會兒，可以嗎？"

"當然可以。"

說完，許舟離開搶救室。

19

許舟後來在米蘭大學附近開了一個健身房，身份證上的名是Celio，姓是Rossi，單看" Celio Rossi"，這是一個非常尋常的意大利男人名，不會讓人聯想到是位黃種人。

是的，有人幫著將許舟的弟弟安葬，墓碑上的名字寫著Zhou Xu，地底下埋的卻是許暹。如此一來，真正的許舟才能重生，黑手黨也才不會追究（毫無疑問，這是警方幫的大忙）。

做回平民百姓，許舟開始在自己開設的健身房加強鍛煉，運動能讓他暫時忘記悲傷，還能起到保護自己的作用（他的龐大身軀很容易喚起黑幫的記憶），並且……老實說，他想以一個陽光挺拔的形象出現在李雯面前，告訴她：" 我想妳了，讓我們重新來過。"

許舟－20

20

許舟的健身房開在米蘭市中心，很多鄰近的上班族和大學生都會過來健身，不過這不是主因，主因是這個地點離優美藝廊Bella Galleria只有十幾分鐘的步程，方便他時不時過去瞧瞧。

沒錯，李雯畢業後並沒有做文物修復的工作，而是改做藝術品銷售。許舟不清楚個中緣由，他猜想要嘛人浮於事，她一時沒找到對口的崗位；要嘛薪水太低，滿足不了大城市的開銷。不管哪個，許舟挺高興她有個看起來頗為體面的工作，而且成天沉浸在藝術氛圍內，多少跟所學扯上了一點兒關係。

這一天，許舟做完運動並且淋浴完畢，他換上乾淨的衣服，然後到樓下的輕食餐廳吃簡餐（也許是雞蛋蔬菜沙拉，也可能是雞肉三明治或低卡意麵），再加上一杯純果汁。吃完中飯，許舟徒步往Agnello街走去，李雯工作的藝廊就在那條街上，運氣好的話，也許能透過玻璃窗看到她的身影……

興許今天的運氣不好，許舟硬是沒看到

"罷了，也許下班後還有機會。"他心想。

許舟的儀式一天總要進行兩回，風雨無阻。第一回在午飯過後，也就是現在；第二回在晚上六點左右（這是李雯下班的時間），通常他會跟蹤她回家，直到她拉上窗簾為止。

離開優美藝廊後，許舟並沒有到Caffè Fernanda喝卡布奇諾，而是回到健身房。今天新購的健身器材會送到，他得盯著，免得像上回一樣，送來故障機卻死活不承認。

這麼一忙就忙到下午五點半，許舟叮嚀員工幾句後，趕緊出門，他可不想錯過護送女友回家的機會。

許舟–21

21

等了不到十分鐘，他終於看到李雯，今天的她穿著藏青色帶條紋的套裝，修身的剪裁看起來幹練十足。

與往常不同（她通常獨自回家），此時的她身邊多出兩位女同事，看來待會兒有節目。

果不其然，三個女人往米蘭大教堂的方向走去，最後進入文藝復興百貨商場的頂樓，那裏有多家餐廳。

許舟跟著進入其中一家。這家餐廳的露臺能看到世界上最大的哥特式教堂——米蘭大教堂，但李雯和她的女伴卻選擇坐在室內，許舟也只好捨棄大露臺。

服務員知道許舟是一個人用餐後，撤掉多餘的餐具，接著遞上菜單，倒上飲用水，然後站在一旁等待客人點餐。

許舟正處減肥期，點凱撒沙拉和牛排會是比較明智的選擇，偏偏菜單上的菜式太豐富，一個個讓人垂涎三尺，他忍不住點了牛肉燴飯和腌猪油Lardo（碳水化合物和飽和脂肪是減肥大忌），心想就破戒這麼一回吧！結果主菜還沒送到，餐前麵包倒是先來了，那是一籃形狀各異的小麵包，還給了兩種蘸醬——橄欖油和食醋。

“不，不行，這絕對不能碰！”許舟對自己喊話。

心口不一的下場便是東西雖吃到了，美味卻大打折扣。

許舟當然知道這是心理作用在作祟，但也無能為力，誰讓他處於減肥期？當初開懷大吃時有多快樂，現在就有多痛苦，怨不得人！

與許舟的“天人交戰”不同，李雯和朋友們邊談笑風生邊大快朵頤，似乎沒把卡路里一事放在心上。

“她為什麼吃不胖？是不是有什麼祕訣？如果她能傳授給我，我應該很快能瘦下來。”許舟忍不住想。

飯後，李雯和同事互道再見，然後沿著蒙特拿破崙大街往東走去，過了五個街口後向左轉，當行經鞋店時再右拐約五百米就到了（許舟對這條路線再熟悉不過，閉著眼睛都能走到）。

像往常一樣，跟蹤李雯回家的許舟在樓底下一直等到三樓的燈光亮起，同時灰藍色的窗簾被拉上才放下心來。

“晚安，李雯。”他喃喃道，然後轉身離開。

許舟－22

22

這樣的日了說好也好，說壞也壞。好在於他天天能看到李雯（即使是休假日，許舟也會到她的樓底下站崗）；壞在於自己的體重還沒降到理想數字，他只能遠遠看著她，然後幻想某天與她相會的情景……

這一天吃完中飯，許舟又站在優美藝廊的對面，下午兩點（今天他吃得晚），李雯應該已經在店內了。

"請問鐘樓怎麼走？"

聽到鄉音，許舟轉過頭去，發現一名中國遊客攔下李雯問路。

"我告訴你哈！你沿著這條路往前走，到了圓環左轉會看到王宮，王宮的後面就是鐘樓，可是鐘樓現在好像在維修，應該進不去。"李雯答。

"妳確定？"

"不確定，你到現場再問問吧！"

結果那名遊客等不及，一轉身就問站在一旁有著同樣亞洲臉孔長相的許舟："請問鐘樓現在讓不讓進？"

許舟本想佯裝聽不懂，但又想試試李雯能不能認出自己，這麼一蹉跎，遊客以為他聽不懂普通話，遂改用蹩腳的意大利語問。

這個意外的插曲曾讓李雯的目光短暫停留在許舟身上，可是等綠燈一亮起，她便踩著輕快的步伐過馬路，一點兒也沒猶豫。

原來李雯並沒有認出自己，這讓許舟大失所望。

"......Capisci？"遊客問他聽懂了沒？

"私は日本人です。"許舟答，然後默默走開。

許舟-23

23

李雯把許舟當成陌生人，這是個沉重的打擊，他決定加倍健身和節食，好早日做回自己在李雯心目中的形象。

隔天是週一（也是優美藝廊的休息日），許舟運動三小時後才去找李雯，下午一點，她應該已經起床，並且吃完Brunch，可是他左等右等，灰藍色的窗簾還是沒拉開。

難道她還沒起床？或者……病了？

一想到李雯可能病了，許舟很是著急，但也不能貿然上門，這如何是好？

思來想去，許舟決定先回家，等華燈初上時再過來看看李雯是否無恙。

當夜幕降臨，許舟看到那個熟悉的窗口仍是窗簾緊閉，屋內沒有燈光，他的心裏越發焦躁。

"對了，我替她叫個外賣，只要有人收下，代表她無事，不是嗎？" 許舟心想。

後來他真的匿名替李雯叫了個披薩，並且親眼目睹外送員空著手離開公寓，這才安心離去。

許舟-24

24

當清晨的第一道陽光灑落進來時，許舟忽然靈光一閃，不對，萬一無人應門，外送小哥會把披薩放在門口，而不是帶回店裏。

這麼一想，許舟再也睡不著，趕緊爬起。他想在李雯上班前確認她安好，否則午餐前的時光會很難熬。

結果灰藍色的窗簾還是沒拉開，這很不尋常，李雯向來只在夜裏拉上窗簾。

許舟看了一下時間，早上7:30，還有兩個多小時優美藝廊才會開門營業。他思考了一下，決定就近找個咖啡廳坐坐，如果兩小時後還是沒有任何變化，他便上李雯工作的地方轉轉，興許她會在店內。

許舟 - 25

25

優美藝廊Bella Galleria在米蘭相當出名，共兩層，裏面的東西非一般人能買得起。若不是因為李雯，許舟大概一輩子都不會踏足。

上午十點，優美藝廊掛出Aperto（營業中）的牌子。許舟透過玻璃窗往內看，好像沒有李雯的身影（她的同事倒是見到了）。

猶豫了一會兒後，許舟還是決定一探究竟。雖然他的身材還沒恢復過來，李雯若認出他來，恐怕會失望，但許舟管不了那麼多了，他必須確認李雯是安全的，否則一顆心無法安定下來。

"Benvenuto, Cosa posso Fare per te?" 一個短髮女生上前接待，許舟認出她是前些時候和李雯一起吃飯的人之一。

許舟告訴她，自己想買一張油畫放在房間內。

女人答有的，在二樓，請隨她來。

往二樓的路上，一個個令人目眩神迷的精品攝入眼簾，包括彩色水晶鑲嵌的邊櫃、傳統與技藝結合的壁畫、時尚的燈飾、精美的古董椅、一張張看起來有些斑駁（但絕對不廉價）的古波斯地毯……等。

上到二樓，許舟倒吸一口氣，這是個小型美術館無疑，裏面的繪畫作品和雕塑怕不止三百件。

短髮女生接著問許舟想找什麼類型的油畫，她好幫忙推薦。

許舟答自己還沒有清晰的目標，讓他先獨自看看，合眼緣時會告訴她。

於是短髮女生下樓去，把偌大的二樓留給他。

許舟邊看這些藝術品邊感慨，一張小型花卉圖也能賣到五萬歐元，比他開業（健身房）以來的收入還要多，就更別提那些大型畫作及看起來有些"莫名其妙"的雕塑，許舟這輩子應該與它們絕緣。

別看許舟的目光好像只落在這些藝術品上，曾經身為警察和臥底的他同時還眼觀六路，耳聽八方，早察覺到無所不在的攝像頭和二樓依舊沒有李雯身影的事實。

半個小時過去後，短髮女生上樓來，問他是否已找到心頭好？

許舟歉然地表示沒有，也許下回會有，還藉機問她店內有沒有會說普通話的銷售？

短髮女生答如果他早兩天過來就能見到，可惜她飛到帛琉度假去了，下個月才會回來。

原來度假去了，許舟頓時鬆了一口氣。

由於心情轉好，離開優美藝廊前，他買下放在一樓展示廳裏的桌面收納盒，用它來擺放一些辦公用品應該很合適（話說回來，也只有這個還負擔得起）。

許舟 - 26

26

許舟上網查帛琉，發現它是由好幾個島嶼所組成的國家，地處菲律賓棉蘭老島以東，是太平洋進入東南亞的門戶之一。雖然這個國家只是一個迷你島國，卻擁有最純淨、最美麗的藍色大海，被譽為"上帝的水族箱"。

"原來李雯上那裏度假去了，希望回來時別黑不溜秋的。"許舟祈禱著。

雖然國外流行健康的小麥膚色，但許舟還是喜歡白點兒的，所以不希望李雯丟了這個才好。

27

短髮女生曾說李雯下個月才會回來，但沒說是月初、月中還是月末，這讓許舟的心遊移不定。為了確保能第一時間看見她，許舟決定天天進行儀式，像往常一樣（一天兩次到藝廊查看，休息日則上李雯的公寓）。唯有如此，他才能安心。

結果許舟從月初等到月中，再從月中等到月末，依然沒有李雯的影子。這下子他急了，擔心李雯是否在帛琉出了意外？

正當許舟躊躇該不該再上藝廊探探口風時，李雯回來了，皮膚曬得老黑，差點兒都認不出來。而更令他詫異的是李雯不是一個人回來，有一個皮膚黝黑的男人隨她一起進入公寓，並且留了下來。

這個發現讓許舟怒火中燒，想殺人的心都有。

"李雯，妳怎能背叛我？"許舟對著三樓窗口無聲地控訴著。

許舟_28

28

許舟其實沒資格生氣，不告而別近三年，李雯就算結婚生子也不干他事。許舟當然也明白個中的道理，不過他適時替自己找到一個好藉口，那就是保護李雯，防止她受騙上當（除了他自己，任何接近李雯的男人在許舟看來都居心叵測）。

為了達到這個目的，他停留在李雯公寓外的時間拉長了，可是一直等到三日後才等來機會。

那男人一步出公寓，許舟立刻尾隨，結果男人除了散步及比手劃腳地買下一串香蕉外，什麼也沒幹。不過短短的時間內還是提供了有用的信息，譬如這個男人不會說意大利語，但會說英語和普通話（在與水果店店員溝通時無意間衝口而出）。

鑑於李雯剛從帛琉回來，而帛琉的官方語言是英語，所以許舟猜想這個男人是居住在帛琉的華僑，這很好地解釋為什麼他會說以上兩種語言。

連續跟蹤數日後，許舟明顯感覺到這個男人的進步，比如他漸漸會使用意語單詞購物，散步的範圍也擴大了，代表他對環境越來越熟悉，同時識路能力也不差。

當週一（李雯的休息日）到來時，許舟打算天一亮就到公寓外蹲守，他想搞清楚那兩人的關係。如果是普通朋友，代表他還有希望；如果是男女朋友，那就不妙了，他得趕緊制定作戰計劃，畢竟他還愛著她，而且與日俱增。

許舟-29

換作從前，李雯通常中午左右會起床，但今天愣是不一樣，當許舟抵達時，灰藍色的窗簾已經拉開，代表至少女主人已經起床了。

許舟又等了約莫半個鐘頭，李雯和那個男人才下樓來，一身運動服打扮，看樣子像是要跑步，實際不然。他們二人走過一條又一條的街道，李雯邊指指點點邊口沫橫飛，明顯在指路，男人則極少說話。

"笨哪！"許舟搖頭，"她還以為那個男的大門不出，二門不邁，其實人家早把附近都摸透了！"

那兩人兜了一圈後回到米蘭大教堂附近，並且往一個熟悉的方向走去。

"不會吧？！一早就吃冰淇淋？"許舟心想。

結果不是，他們去的是網紅冰淇淋店對面的油炸麵包店，他家以爆漿帕尼尼和各種炸芝士餃子聞名。許舟不知他們都點了些什麼，對於減肥人士來說，還是閉上眼睛比較明智，否則容易把持不住自己。

買完麵包的兩人後來又上咖啡店買了外帶咖啡，然後坐在米蘭大教堂前的臺階上吃喝起來。此時臺階上坐著的不乏一對對的情侶，任誰都會以為這對也是，這讓許舟頗感不是滋味。

他特意走過去，並且坐在那兩人身旁，中間隔著兩米。這個距離剛剛好，既不會太靠近而讓對方起疑；也不會因太過遙遠而聽不到談話。

"Jerry，待會兒我帶你去剪頭髮。"李雯說。

"為什麼？"

"你的頭髮長了。"

"我喜歡留長髮。"

"短髮精神些。"

"我喜歡留長髮。"

李雯停頓了一會兒後，問："你喜歡米蘭嗎？"

"不怎麼喜歡，這裏沒有海。"

"我一週只休息一天，等放長假時再帶你去海邊。"

"……好。"

從對話中，許舟很難判斷這兩人親密到什麼程度，倒是因此知道那男的叫Jerry(這個名字讓他聯想到動畫片《貓和老鼠》裏的老鼠Jerry)。

他們兩人吃完東西又曬了會兒太陽後，起身離開，許舟馬上跟進。

在商場裏，李雯幫Jerry買了幾件衣服和鞋襪，這一逛就是好幾個小時。下午四點，吃完快餐（搞不清楚是午餐還是晚餐）後的兩人緊接著上超市採購，Jerry倒很體貼，結賬後沒有讓李雯提東西。

"我看這男的就是個吃軟飯的，一整天都是李雯在買單。"許舟想，同時替昔日女友感到不值。

這兩人回到公寓後，灰藍色窗簾很快被拉上，讓人浮想聯翩。

許舟－30

30。

許舟發現Jerry出外溜達的時間越來越長，從原來的一個多小時延長到近八個小時，幾乎李雯前腳一走，他後腳也跟著出門，天天如此。

"他好歹也找份工作，天天吃李雯的、喝李雯的，這哪成？"許舟突然靈光一閃，"哎呀！我何不僱用他？順便打聽消息。"

主意一打定，他走向坐在長椅上喂鴿子的男人，然後把印著意大利文的名片遞過去。

" Sorry,I can't read it." Jerry對許舟說。

"這是我的名片，"許舟收回名片，同時坐了下來，"我以為你對健身感興趣。"

"原來你會說普通話。"他的眼神一亮，"自從來到這個城市，你是第二個跟我說普通話的人。"

第一個是誰不言而喻。

"我在市中心開了個健身房，正在招教練，我看你肌肉結實，應該沒少鍛煉吧？！"

"我的肌肉結實是因為衝浪，而非在健身房裏健身。在帛琉，我是一名衝浪教練。"

"衝浪教練跑來米蘭幹嘛？這裏又沒有海。"

"哎！"他嘆了一口氣，"說來話長。"

許舟正煩惱該如何引導他說出前因時，這個男的倒是主動交待了，絲毫沒有防範意識。

"李……那女的讓你來米蘭根本毫無意義，你的簽證是有期限的，如果沒能及時找到工作，難道讓那個女的養著？"

"你……"

許舟這時才意識說錯話了，趕緊道歉，表示自己是胡亂猜的，請別放在心上。

"不用道歉，其實我也……"

"啟東～"一個女人突然喊，然後奔跑過來，一頭撞進Jerry的懷裏，"真的是你，我找你找得好辛苦！"

啟東？這個帛琉男人叫啟東？怎麼李雯喊他Jerry?

沒等許舟反應過來，Jerry推開那個情緒激動者，問："妳認識我？"

不知怎的，那個有著少數民族臉孔並且鼻尖上同樣有顆痣的女人驚恐萬分，像被雷擊中了似。

待女人平靜下來，許舟循序漸進地詢問（這是他做為警察的基本能力），直到一切都明朗化為止。

"楊梅，這是妳單方面的說法，Jerry……或者妳口中的啟東已經失憶，這如何驗證？"許舟提出疑問。

"他就是啟東，不信的話，你可以查查他的後背近臀部處，看看是否有個米粒大小的硃砂痣。"

經Jerry（或者啟東）同意，許舟幫著查看，沒錯，是有個硃砂痣。

"可是……"

許舟話還沒說完，那男人立即表示自己應該就是啟東沒錯，因為他對楊梅有很強烈的感覺，尤其那顆鼻尖上的黑痣……

話一落音，許舟注意到楊梅鼻尖上的黑痣位置與李雯的基本吻合。

"現在你倆想怎樣？"許舟進一步問。

"啟東"看了一眼楊梅後，答："我想跟她一起回錫亞高。"

"太好了！"楊梅眉開眼笑，像中了頭彩。

許舟問那李雯怎麼辦？結果那男人沒心沒肺地說李雯的恩情他永遠銘記在心，哪天若到錫亞高來，他一定會好好招待她……

"就這樣？這也太絕情了！"許舟心想，雖然他也期望"白眼狼"趕緊走。

那兩人臨走前不忘借走5000歐元當路費。

"謝謝！"楊梅收下錢，"等你到了錫亞高，我會還你的。"

"不用了，不過我倒挺想知道妳所說的咖啡館巫師是不是真的？"

"絕對是真的，若有半句虛假，我楊梅遭天打雷劈！"

送走兩人後，許舟才開始煩惱要如何讓李雯相信"Jerry"其實是"啟東"，並且已經搭上飛往錫亞高的班機？

許舟 - 31

31

黑夜降臨，疲憊的腳步聲傳來，由遠及近。

趁李雯還沒刷開公寓底層的大門，站在陰暗處的許舟喊了一聲：「李雯。」

李雯收回門禁卡，轉向聲音出處，問：「誰？」

「我。」許舟離開陰暗處，好讓她看清楚些。

「你……你是……不……」李雯後退一步，「我不認識你。」

許舟的體重還不盡理想，但已經消瘦不少，從李雯的反應中，想必她已經認出他來。

「我是許舟。」他說。

「誰是許舟？我根本不認識這麼一個人。」答完，她匆匆去刷大門，結果被許舟搶下門禁卡。

“你到底想怎樣？”李雯揚起聲問。

“我想和妳說話，請給我時間，我會把所有事情都解釋清
楚。”

許舟 _32

32

李雯好不容易才適應酒吧昏暗的燈光，還好沒有惱人的音樂，否則她要頭疼了。

"這裏的Mondrian Martini是以金酒和干味美思為基底，綠色部分是苦艾酒，黃色部分是浸了藏紅花的伏特加，紅色部分則來自Campari。"許舟介紹。

"我來此不是為了聽這個。"李雯冷冷地答。

許舟也知道李雯不是為了聽Mondrian Martini的配方才跟著來到酒吧，但三年未談過話，他不知道該如何跨越彼此的鴻溝，只能從熟悉的談起。

"好，不說這個。我只想告訴妳，當初不告而別是有原因的，我……我當了臥底，妳到警局找我一事，我也知道，他們告訴妳查無此人是為了保護我。如今我恢復平民百姓的身份，在離此處不遠的地方開了個健身房，生意不好不壞，餬口倒是沒問題。"

聽許舟這麼一說，李雯很是震驚，她猜想過各種可能性，偏偏沒想過他會為公（當臥底）而離開她。

"你以為我會相信你胡亂編造的謊言？"她問。

"這就是事實，"許舟顯得無奈，"如果妳想要我的上級領導作證，我可以安排，不過也許妳會進一步懷疑上級領導是我找來的演員。"

李雯的憤怒油然而生，三年未見，一見面就給她一顆重磅炸彈，還把自己撇得一乾二淨，彷彿她就活該遭受這一切！

"欺負我好玩是嗎？你就只會欺負我！"說完，她潸然淚下。

這從何說起？許舟可以欺負任何人，但絕不包括李雯，她是他最想愛護的人。

"要不，現在換妳欺負我好了，罰我……罰我從此為妳做牛做馬。"許舟說。

"晚了，"李雯拭去眼淚，"我已經有男友了，他叫Jerry。"

當許舟告訴她這個男人的真實姓名叫啟東，現在已經坐在飛往錫亞高的班機上時，李雯睜大了眼，問他是否開玩笑？

"不，我沒開玩笑。妳若不信，待會兒回去就知道。"

當李雯回到公寓三樓，面對的是一室冷清時，她恨透了許舟，這是他安排的無疑，為的是奪走她好不容易才得來的幸福。

許舟-33

33

許舟萬萬沒想到才一晚上的工夫，李雯便翻臉不認人，甚至報警有人騷擾她。

"李雯，妳不相信我，我可以理解，但說我騷擾妳未免……未免太過？既然這樣，妳何不親自飛到錫亞高一探究竟？啟東是島上唯一一家華人衝浪俱樂部的少東，妳不會錯過的。"許舟當著警察的面說。

次日一早，李雯坐上飛往錫亞高的班機。她想當面質問Jerry為什麼不告而別（像許舟當年一樣）？唯有搞清楚事情原委，她才能重生，才能決定接下來該何去何從。

梧桐路上的許舟……

楊梅說梧桐路上有很多碧綠的梧桐樹，許舟一定不會錯過，可是當他來到這條路上時，看到的卻是只有幾片枯葉的枝頭，早已沒了那繁茂的綠。

楊梅還說那家咖啡館很特別，窗戶被絳紅色的窗簾給遮擋住，從外面看不見裏面。除此之外，店門口還有個人字板。

"絳紅色的窗簾……人字板……絳紅色的窗簾……人字板……"許舟邊找邊默唸著，"有了！不正是這個？"

眼前的咖啡館大門緊閉，窗戶被絳紅色的窗簾給遮擋住，從外面看不見裏面，還有，店門外也立了一個人字板。

"凡以神仕者，掌三辰之法，以猶鬼神示之居，在女曰巫，在男曰覡。"許舟喃喃道，"怪了！這是什麼意思？"

正當許舟百思不得其解時，有兩個上班族打扮的男人匆匆走過。

"好冷啊！這風吹得讓人起雞皮疙瘩。"打紅領帶的人說。

"要不喝杯熱飲？太早回去容易被領導抓去辦事。"打藍領帶的人答。

“說的也是，喝個東西再走也好。”

他倆左右觀望一下，打藍領帶的人說：“喏！就那家，叫巫……巫……”

“巫覡咖啡館，‘覡’字下方不是標註讀音了嗎？”

“哎呀！你又不是不知道我是個大近視。”

話音一落，兩人一同走向咖啡館，結果打紅領帶的那位轉不開門把，打藍領帶的那位也是。

“搞什麼？沒營業就沒營業，掛什麼‘營業中’的牌子？”

“算了算了，還是回公司吧！”

兩人走後，許舟犯難了，自己大老遠跑來，咖啡館卻沒營業，這不是折騰人嗎？

此時一陣凜冽的寒風吹來，許舟忍不住打了個哆嗦，心想他也試試，若真開不了再另想辦法，結果“扣”的一聲，門開了。

“歡迎光臨！”一個低沉、渾厚且富有磁性的聲音傳來。

許舟怔住了，倒不是因為說話的人意外有一副好嗓音，而是那人的長相像極了法國文豪雨果筆下的鐘樓怪人，同樣擁有幾何形的臉、四面體的鼻子、馬蹄形的嘴、參差不齊的牙齒、獨眼、駝背……等。

大概意識到這樣直愣愣地盯著人瞧很不禮貌，許舟趕緊開口：“我能進來喝杯咖啡嗎？”

“我說了——歡迎光臨。”

“噢！是……你是說了。”

許舟有些尷尬地進到咖啡館內，同時沒忘了關上身後的門，把刺骨的寒風留在門外。

“請坐。”長得像鐘樓怪人的人說。

許舟的目光掃射了一下，店內只有一張桌子兩把椅子，也就是說——沒得選。

他在掉了皮的皮椅上坐下，面對的是一個象腿造型的圓桌（與楊梅描述過的一模一樣）。

"請問店內的服務員就只有你一人嗎？"許舟忍不住問。

"不止，但今天我當班，你想喝什麼？"

許舟感到失望，他想找的是右手食指上戴著一個骷髏頭造型指環的年輕人。據說（當然是聽楊梅說）這個男人能未卜先知，他很想知道自己和李雯還有沒有未來？

"你不知道此刻的我想喝什麼嗎？"許舟反問，多少有挑釁的意味。

"此刻的你並不想喝東西，但來者是客，我還是禮貌問一句。"

"對不起，我……"

"我知道了。"

鐘樓怪人走後，許舟自言自語："奇怪！他知道什麼了？"

許舟以為鐘樓怪人很快會回來，結果沒有，於是他站起身來，想好好打量這家楊梅口中有些古怪的店。

"我告訴你哈！"楊梅說過的話在他耳邊響起。"沒進店之前，你可能以為裏面會很陰暗，實際不然，有幾個柳編的燈籠掛件式燭臺從屋樑上垂掛下來，把不到五十平米的小店照得通透明亮，連地上的冰裂紋小花磚也看得一清二楚。還有還有，櫃檯旁邊立了一個鳥架，上面站著一隻羽毛黑到發亮的鳥，是活物喔！不是標本。"

回憶至此，許舟走向櫃檯旁邊的鳥架，上面立的鳥一動也不動。他按了按鳥身又敲了敲鳥嘴，毫無反應。

"明明是標本，怎麼楊梅說是活物？"他不解地想著。

離開鳥架後，許舟往另一個方向走去，那裏像叢林一樣雜亂，但仔細觀察過後卻是亂中有序。

許舟的手掠過置物架上那些奇奇怪怪的小物件，最後落在一個胡桃木製的盒子上。打開一看，裏面是一枚美得攝人心魄的戒指，正中央是顆粉嫩的尖晶石，周圍環繞著數十顆不同顏色的寶石，彷彿一朵盛開的花朵。

"太美了！李雯一定會喜歡這枚戒指。"許舟心想。

"那枚戒指只是裝飾品，除非當成信物，否則沒什麼作用。"

聽到聲音，許舟轉過頭去，看到的是一位又瘦又高的年輕人，穿著黑襯衫、黑長褲，五官很立體，有稜有角，像是造物者用力過猛所致。

"作用？它應該有作用嗎？"許舟問，然後把戒指放回盒內。

"施過法術的才會有作用。"

許舟心想他若買它也只為了博李雯一笑，但李雯也許連見面的機會都不給他，遑論能不能起作用……

"這杯是特別為你調製的。"年輕人說完，把一個好小的杯子遞給他，許舟這才注意到他的右手食指上戴著一個骷髏頭造型的指環。

原來他就是楊梅口中的能人！

許舟心裏一高興，坐下來把咖啡喝個底朝天。

"這咖啡的油脂分層已經消失，嚐起來難免有酸味。"年輕人坐下，撿起像玩具杯的杯子查看，"我以為你至少會留下 $5ml$，結果只剩泡沫。"

許舟又憶起楊梅曾說過的話（得留下一些咖啡液給巫師），他很懊惱，這下子恐怕問不出個所以然。

"怎麼樣？能看出李雯的心意嗎？"許舟問。

"她的心意……你不明白嗎？"年輕人反問。

"不告而別"之前，許舟認為自己很明白，但現在他不明白了，尤其李雯後來交了男友，還控告自己騷擾她，如果是真愛，又怎會如此？

"那麼你何不當面問她？"年輕人好像有心電感應似地說。

"當面？據我所知李雯正在帛琉。"

此時"嘎"的一聲傳來，方才一動也不動的黑鳥忽然張開翅膀在室內盤旋。幾個來回之後，它把胡桃木木盒內的戒指叼到圓桌上。

"謝謝你，颯耶。"年輕人對它說。

然後鳥兒飛回到鳥架上，再次一動也不動。

"果然是活物，楊梅沒說錯。"許舟心想。

接下來年輕人聚精會神地凝視著戒指，像要將它看穿了似。

"請問……"

"噓～別打擾我工作。"

於是許舟閉上嘴巴。

"嗡吧匝拉……恐薩滿壓……西地美哉雲雷依……嗡吧匝拉……恐薩滿壓……西地美哉雲雷依……"年輕人將雙手置於戒指上方，同時反覆吟唱著。

過了好一會兒，年輕人才停止這個怪異的舉動，然後以篤定的語氣說："李雯正往這裏走來。"

"現在？"許舟睜大眼睛問。

"是的，離此不到兩百米。"

聽到這個，許舟急得團團轉，問："我該怎麼辦？"

"躲起來吧！"年輕人說。

“躲哪裏？”

“別擔心，聽我的就是。”

許舟躲好後，年輕人把戒指放進木盒內，然後回到櫃檯。

“別擔心，聽我的就是。”

許舟躲好後，年輕人把戒指放進木盒內，然後回到櫃檯。

第六位客人：李雯

I

當李雯告訴家人想到意大利留學，並且從本科讀起時，掀起了一場不大不小的家庭風暴。

"妳一個意大利語專業學士幹嘛換跑道？何況還是從本科讀起。還有，如果想讀文物修復專業，國內也有相關課程。"她的母親說。

"沒錯，"她的父親接棒，"學這個何必上國外？前幾年有個很火的記錄片叫《我在故宮修文物》，妳可以找來看看。簡言之，我們國家的修復技術已經很高超了，不需要向國外借鑑。"

李雯選擇意大利博羅尼亞大學的馬賽克修復專業雖是一時興起，但事前也做足了功課，歸納有以下幾點優勢：

1、本碩連讀五年，一次性完成學業。

2、自己的意大利語不壞，不用從語言班學起。

3、博羅尼亞大學是公立學校（免學費），註册費加生活費能控制在每年10萬元人民幣以下。

4、這個學校在國際上的知名度頗高，文物修復專業在當地又挺"高大上"，畢業後不怕找不到工作。

5、博羅尼亞是一座大學城，學生數量眾多，治安相對要好。還有，這裏是意大利的美食中心之一，素有"胖子城"之稱，不用擔心自己的味蕾得不到滿足（何況還有一條專治思鄉病的中國街）。

6、鐵路系統四通八達，去歐洲任何主要城市都非常便利。

7、種族歧視不明顯。

李雯的父母一聽說自己的女兒已經把未來的路都想好，加上留學費用沒想像中高，便不再持反對意見（何況到國外鍍金還能順便吊金龜婿，何樂而不為？）。

這對心思單純的父母以為留學問題只有錢和出路這兩項，一旦解決了便什麼都解決了，殊不知他們的女兒還有事瞞著，那才是她想到意大利留學的主因（過去四年李雯一直暗戀著意大利口語老師，本想等畢業後再表白，結果領畢業證的那一天才聽聞他回國了，簡直晴天霹靂）。

當然，說這個父母是不會懂的（尤其自己的女兒還倒追老外），所以索性不說，心想等"米已成炊、木已成舟"時再告知也不遲。結果來到博羅尼亞才發現那個臉上依舊帶著稚氣，同時"只"比她大8歲的男人早已使君有婦，更可怕的是居然還兒女成雙，這還能怎麼著？

事已至此，李雯也只能硬著頭皮把接下來的學習之路走完，問題是硬著頭皮也不見得能走完，此話怎講？

就在她克服語言障礙和高標準的專業能力要求，並且堅持走到最後一年時，不幸的事情發生了——她"再度"失戀，還是被一個佯裝警察的人給騙了。

這個打擊無疑是巨大的，她終日恍恍惚惚，遑論學習，而缺席期末考試的代價便是失去碩士學位，只保留了本科學位。可想而知，在大部分的文物修復專業求職者都擁有碩士學位的情況下，加上自己又是外國人，李雯失去了從事對口工作的機會。

有句話"塞翁失馬，焉知非福？"，在專業領域找工作失敗後，李雯轉向藝術品銷售。拜中國人在意大利的超強購買力，她得到一家高級藝廊的青睞，也算是不幸中的大幸。

講到僱用李雯的藝廊——Bella Galleria（優美藝廊），在米蘭可謂無人不知，無人不曉，裏面的東西相當有格調，很受高端買家的歡迎。

該藝廊的給薪方式是"底薪加提成"，李雯佔語言之優勢（她會意語、英語和普通話），業績相當不錯，不僅能負擔得起市區高檔公寓的租金和每年一次的奢侈旅遊，還能存下不少錢。至此，她才漸漸忘卻許舟帶給她的傷害，並且嘗試去接受新戀情。

李雯網戀的對象是個居住在帛琉的日本人——小松博幸。歷史上，帛琉曾被日本佔領，到現在還保留不少日本文化，連藍底黃圓的國旗也和日本的白底紅圓近似，甚至這個國家的第一屆總統還是個日本人，所以當小松博幸說他家從曾祖父輩起就居住在帛琉，李雯從未懷疑過，只是有一點讓她頗為不解，那就是帛琉的官方語言為英語，但小松博幸的英文卻出現拼寫錯誤與語法混亂的現象，這不挺奇怪的？

針對此點，小松博幸的解釋是他有閱讀障礙症。

李雯對此症一知半解，還特意上網查詢，發現患者非智力低下後，也就放下心來。在她看來，閱讀障礙並不會妨礙生活，起碼她（無此障礙）能填補這方面的缺失。

李雯 -2

2

米蘭的區域GDP位列歐洲之首，不僅控制了世界4%的藝術珍品，同時也是全球時尚與設計之都，幾乎半數的奢侈品牌都誕生於此，好比耳熟能詳的阿瑪尼、範思哲、芬迪、普拉達、古馳、華倫天奴、杜嘉班納……等。

李雯有幸在這個藝術氛圍濃厚的富裕城市留了下來，並且成為小資人群裏的一員，這與她從事的工作不無關係。說到這裏，她不得不感謝許舟，如果當初她順利拿到碩士學位，也許現在正在各大古建築物內從事修復文物的工作，而非動輒拿到豐厚佣金的都會麗人。

這一天臨下班前，某客戶買了Tobia Scarpa的落地燈和Grazia Toderi的淡紫色長沙發，同時還預約了近兩百平米的壁畫服務。短短半小時就讓李雯賺進三千多歐元的佣金，簡直essere in un bel pasticcio（意大利俗語"在一個美味的餡餅中"，意思是好得一塌糊塗）！

由於心情大悅，下班後的李雯沒像往常一樣回家吃微波爐餐（懶得煮飯，非貧窮），而是到超市買世界聞名的帕爾瑪火腿，拿它配蜜瓜吃，再來上一杯紅酒，啊！夫復何求？

等吃完火腿和蜜瓜，又喝完紅酒，李雯打開電腦與遠在帛琉的小松博幸網聊。他問她今天過得怎樣？李雯把下班前半小時掙到的3250歐元一事相告，但沒提到在超市遇到的胖子（最近遇到這個胖男人的機率過高，有點兒不正常）。

問候話講完後，李雯問小松博幸今天有沒有想她？

" Of course, my dearing." 他答。

Darling的拼法是d-a-r-l-i-n-g，而非dearing，但李雯沒糾正，反正心意到了就好，文字只是工具而已。

說完情話，李雯問他能不能再多發些照片給她？

是這樣的，他倆認識才幾天，對方就發來一張自拍，照片中的人氣宇軒昂，有點兒像日本男演員阿部寬，這樣的顏質完全可以出道。基於"禮尚往來"的原則，李雯也發了一張生活照過去，心想如果小松博幸沒看上自己，從此斷了聯繫也不致於太傷心難過。沒想到看過照片後的他直呼李雯可愛，還說做夢都沒想到會在網上遇到心怡的對象，實在太好運了！

這個反應讓李雯心花怒放，對小松博幸的愛戀也就更加死心塌地。

" Sorry. I didn't have a photo recently." 他說。

李雯猜想小松博幸的意思是最近沒拍照，所以無法給她。

" Never mind." 她答。

雖然嘴巴說著沒關係，但李雯心裏想的卻是即使最近沒拍照，也可發舊照呀！她可是前後發了不下數十張的照片給他，可是他卻只發過一張（像"阿部寬"的那張），再無其他。

“ I prefer see you instead of photo.” 他補上一句。

通過這個語法錯誤的句子，李雯感受到他對她的思念，頓時有想哭的衝動，而埋藏在心底已久的計劃也因此蠢蠢欲動。

3

意大利的休假日之多在國際上是出了名的，好比李雯的公司年假有33天，加上每週一天的休息日和剛好逢上的國定假日，前後足足有近50天。她把這個長假全奉獻給了網戀半年的小松博幸，幻想他倆在帛琉有一段甜蜜時光，搞不好假期結束前他會向她求婚，然後她戴著婚戒回到米蘭，給優美藝廊的同事們一個大大的驚喜，嘻！那才有意思呢！

剛開始，小松博幸對李雯的拜訪採歡迎的態度，隨著時間的推移，他變得有些捉摸不定，一會兒說工作忙，也許不能常伴左右；一會兒又說李雯來的月份不對，是颱風高發期，還是擇日再來為妥。

李雯是個相當獨立的女性，如果小松博幸無法陪她，她會自己安排活動，這不是問題。至於颱風……網上說這個島國很神奇，沒有地震、颱風、水災、旱災……等自然災害，年年風調雨順，對照小松博幸所言，明顯有很大的出入。

“原來網上消息也不能盡信，可是就算颱風來襲，我的機票和酒店都已訂好，藝廊也安排人手接替我的工作，箭在弦上，不得不發，我已經無後路可退了。”李雯心想，同時難免埋怨對方沒及時告知，她可是第一時間就告訴他來訪的日期和停留的時間，得到同意後才付諸行動。

不管如何，度假總是令人愉悅，何況這是交談半年後的第一次面對面，李雯既興奮又緊張，不知對方見到自己時會不會失望（照片中的小松博幸又高又帥，她對他可是相當滿意）？

經過二十多個小時的航程，飛機終於抵達帛琉。

走出機場，一股熱浪迎面撲來，遊客們紛紛躲進出租車內。李雯不一樣，小松博幸說過會開車來接她，她只需站在機場出口處等即可。

結果等得汗流浹背、揮汗如雨也沒等來像“阿部寬”一樣的美男子，倒是有個獐頭鼠目、其貌不揚的亞洲男人曾在身邊鬼鬼祟祟的。李雯投給他厭惡的眼神後，那人便開著一輛破舊的麵包車走了（為什麼會知道是哪款車？那人後來開著車經過機場出口處，車窗開著，所以李雯認出他來）。

賊眉鼠眼的人走後沒多久，李雯收到手機短信，大意是小松博幸昨日剛舉行完婚禮，為了家庭的和諧美滿，請不要再聯繫他，謝謝！

說來可笑，由於兩人分處兩個國家，他們一直用社交軟件交談。李雯也曾提議電聊，都被對方以這個、那個的理由給拒絕了，此次因為來到他的國家，小松博幸終於給了手機號，但一再叮嚀她只能接聽，不能撥打（打了也沒用，因為他的工作很忙，非公務不接聽）。如今收到這麼一條莫名其妙的留言，李雯怎能按捺得住？她立馬撥打過去，結果無人接聽，再次撥打時，對方已關機。

這是什麼跟什麼？李雯氣得大爆粗口，直到有人盯著她瞧，她才意識到自己的孟浪。

“ Excuse me.” 說完，她直起腰桿，然後拉著行李箱往出租車
等候區走去。

4

為了這趟遠行，李雯事先做了充份的準備，唯獨酒店只訂了兩晚，心想也許小松博幸與她相處過後會有其他想法，譬如⋯⋯邀她同住在他那棟面海的別墅內。

眼下，這個"幻想"是不可能實現了（甚至成了笑話一則）。

在酒店前臺辦理入住手續時，李雯順便叫了客房服務，所以等服務員送來草莓和香檳時，她已經坐在觀海陽臺上等候了。

別看此刻的李雯邊啖草莓邊飲香檳，好像已經事過境遷，其實心裏的苦只有自己清楚。

她努力回想不久前在機場出口處的情景，除了那個賊頭賊腦的人曾讓她心煩意亂外，沒有任何人吸引住她的目光，但不幸的事還是發生了，可見當時小松博幸正躲在某個角落觀察她，並且大失所望，以致捏造一個大概連他自己都不會相信的謊言。

為了這場世紀會面，李雯特意在走出機場前鑽進洗手間補妝，望著鏡中的自己，怎麼看都不致於讓人望而卻步才是，可是結果卻是如此殘酷，怎不令她情悽意切、悲不自勝？

憑良心說，李雯不醜，個性也好，上進心也有，怎奈感情路一直不順。暗戀老師那四年就不說了，研二那年還遇到騙子，好不容易走出心理陰影，就要迎接新戀情時，結果連那人的臉都沒見著就直接告吹，除了遭咀咒外，李雯找不到任何理由。

"哎！我怎麼就這麼背？"她忍不住對著血紅色的夕陽感慨。

等淚水流光後，李雯決定放縱自己（別人可以不愛她，她可不能不愛自己），而放縱自己的第一步便是犒賞自己的腸胃。

"讓我看看這家酒店有什麼吃的。"她站起身來。

5

前臺說酒店提供日料和西餐，如果想吃海鮮BBQ也有，現在應該已經架好爐子了。

想到來到島國怎能不吃海鮮？於是她立即訂位。

吃完刷上各種醬料的魷魚、章魚、墨魚、烏賊、大蝦、蚶子、生蠔、白貝、青口、扇貝、海蟶子和海螺後，李雯轉攻甜點，包括好幾塊顏色各異的蛋糕和好幾球冰淇淋，最後再來上幾顆甜死人不償命的巧克力，這才結束假期第一天的盛宴。

等她挺著好似懷有三個月身孕的肚皮回到房間，第一件事便是衝到廁所大吐特吐，連酸水都吐了出來。

"哈！這下子不用害怕發胖了。"李雯跌坐在馬桶旁自嘲，笑容看起來既苦澀又勉強。

6

隔天，吃完酒店提供的自助早餐，李雯走向大堂的旅遊櫃檯，詢問他們都提供什麼項目？

服務人員說帛琉最出名的便是潛水活動，不論浮潛還是深潛，都能讓人永生難忘。

既然這樣，李雯便預約了大斷層的海上浮潛活動，原因無他，因為一個小時後旅行社就會上酒店接人，她不用等候太久的時間。

趁著這個空檔，李雯回房間做準備，包括在連衣裙下穿上泳衣，並且帶上防曬油和乾淨的浴巾。

旅行社按時來接人，上了大巴後，李雯發現只剩第一排有一個座位空出來，於是坐了下來。

大巴行駛約莫十分鐘後，上來了一位皮膚黝黑的男子，他的身上穿著黑色水母衣，這讓他看起來就像一根大黑炭。

那人見到李雯後，眼睛眨也不眨一下。

李雯往身後再瞧一眼，的確沒空位了，遂說：" You're late."

她的意思是如果他早點兒來就不致於無座，可是那個男人好像誤會了，他問她："Do I know you?"

" No." 李雯覺得好笑，" Of course not."

車子抵達大斷層是一個小時以後的事，那個男人就這麼一路站過去。

等下了車再上船，李雯才發現他是今日的船上救生員，名字叫Jerry。

李雯穿戴好浮潛裝備後，噗通一聲跳下海。

帛琉素有"上帝的魚缸"之稱，今日一看，果然不同凡響，成群的魚兒就在身邊游來游去，叫得出名字的有小丑魚、藍精靈、米奇魚、孔雀魚……等，水底下還有各種平日難得一見的珊瑚和巨型海扇，簡直美不勝收。

李雯在遊船附近浮潛了一會兒後，漸漸有了信心，便向更遠的地方游去，沒想到本來只離水面約七、八米的水底突然一下子驟降至"深不可測"，她甚至隱約看到了鯊魚的身影。這一驚非同小可，她的雙腿拼命打水企圖逃離，結果適得其反，鯊魚反倒向她游來。眼看就要追上，她不得不大喊"救命"（情急之下，她忘了應該以英語呼救）。

噗通一聲，一個黑色的影子迅速向她游來，並且托起她往船上送。

" 謝……Thank you." 驚魂甫定的李雯說，" There is a shark."

" 那是白鰭礁鯊，是最溫馴的一種。事實上帛琉的鯊魚一般都不會攻擊人類，剛剛如果不是妳忽然用腳蹼打水，估計也引不起它的注意。"

原來這個男人會說普通話，這勾起李雯的好奇心，問他為什麼幾個小時前在巴士上問："Do I know you?"

"因為……"

叫Jerry的救生員還未答完，尖叫聲又起，他只好再度跳進海裏去解救以為自己即將被鯊魚活吞的遊客。

浮潛活動結束後，大巴將遊客一一送回酒店。李雯以為還有機會聽Jerry解釋為什麼會問那句奇怪的問話，結果那個人並沒有上巴士，這讓李雯挺難受的，很像便祕一整天卻依舊解不出來。

她想了想，除非再次報名參加同樣的活動，否則很大的概率是遇不到他了，可是這麼做又顯得太過刻意，而她不想讓人誤會自己是個大花痴。

就這樣，李雯在心裏向Jerry道別，此生應該不會再和他有任何交集。

李雯 - 7

7

緣分就是這麼神奇！

隔天，當李雯辦完延住手續，一轉身，一個人衝著她喊：" Hi，李溫。"

昨天上船前，Jerry點名點到Li wen，把二聲"雯"唸成了一聲 "溫"。李雯沒在意（反正名字只是代號，而且只用一天），結果Jerry卻記住了。

她向他走去，解釋自己的名字叫李雯，不是李溫，還問他怎麼在這裏？

"噢！對不起，我叫錯名字了。"他笑了，露出潔白的牙齒，"我來此是為了接客人。"

"又到大斷層浮潛？"

"不是。這次客人預定了一天的專車服務，所以我今天的身份是司機，不是救生員……對不起，我的客人到了。"說完，

Jerry走向一對年輕男女，那兩人看起來像新婚夫妻，女的腳上還踩著高跟鞋。

這三人一走開，李雯立馬跟過去，發現他們上的是奔馳車，車頭還擺放著一對結婚娃娃。

"我就說他們是來度蜜月的。"李雯自言自語，緊接著一個捉狹的念頭閃過，"嘻！這下好玩了。"

李雯_8

8

Jerry 來接她時，問：" 妳老公呢？"

" 我還沒結婚呢！"

" 呃！"Jerry 望向停在酒店外的奔馳，" 對不起，搞錯了，我這就去把娃娃取下。"

" 不用了，我喜歡看娃娃掛在車頭上。"

上車後，Jerry 問她想先上哪兒觀光？

" 隨便，你看著辦。"

於是他帶她參觀了長堤國家公園、總統府、安德茂瀑布……等，還帶她去吃帛琉有名的紅樹林蚶肉，乾貝刺身和椰子蟹。

" 我發現你並沒有帶我認識真正的帛琉，玩的不是還有水母湖、牛奶浴嗎？吃的不是還有水果蝙蝠嗎？"李雯忍不住問。

“妳預定的是車遊，不包括水上活動。至於水果蝙蝠⋯⋯很多遊客無法接受，妳如果想吃，我現在就帶妳去。”

李雯答不需要這麼趕，明天再去吧！

“明天？”

“是的，我想包車一個禮拜，不通過酒店，這樣你能多賺一點兒。”

“妳⋯⋯妳這是在可憐我嗎？”

“當然不是，真要說，也是你可憐我。”

他倆都清楚指的是什麼，所以沒深究下去。

一天的旅遊結束後，李雯問能不能把結婚娃娃送給她？

“娃娃舊了，而且還有點兒髒。”他答。

“我不在乎，送給我吧！”

“還是不行。”他考慮了一下，“這樣吧！明天我送一對新的給妳。”

因為這個承諾，李雯高興得像得到一屋子糖果的小孩似的。

李雯 

9

回到酒店房間，李雯躺在床上呈大字形，一邊微笑一邊回想起今日種種，彷彿做夢似的。

是的，旅途中Jerry回答了李雯一開始就想問的問題，同時還給出更多信息。

"我被一個漁夫從海裏撈起，他問了很多問題，我能聽懂，但我無法回答，因為我失憶了。後來那個漁夫把我帶回到他的國家，也就是帛琉，還給我取了一個新名字——Jerry。為了餬口，我什麼都做，但最在行的還是衝浪，所以我猜我以前可能是做這行的。"他說。

"你還是沒回答我的問題。"

"對不起，我現在就回答。"他停頓了一下，"那天在車上看到妳，妳鼻尖上的痣讓我有似曾相識的感覺，加上妳說我遲到了，我以為我倆認識，所以......"

原來如此！

接著Jerry問她為什麼選擇來帛琉旅遊？李雯便把網友沒看上她一事說出。

"那名網友一定是個大近視，要不就是個笨蛋！"

"為什麼這麼說？"

"依我看，妳的長相起碼有80分。再說，人與人之間的交往不應該只看皮囊，我認為內在的東西才是最重要的。"

正因為這個回答，李雯對他的好感倍增，再聽說他未婚，這不是老天爺送來的禮物嗎？於是有了後來"包車一個禮拜"的決定。她猜想經過一個禮拜的相處，兩人的感情應該能迅速發展，搞不好假期結束前他會向她求婚，然後她戴著婚戒回到米蘭，給優美藝廊的同事們一個大大的驚喜，嘻！那才有意思呢！

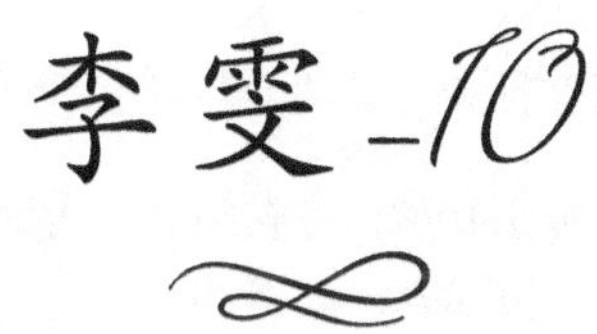

10

在這一個禮拜內，李雯得到的可不止一對全新的結婚娃娃和人生第一次吃水果蝙蝠的體驗，尚包括在水母湖中與成千上萬隻無毒水母共舞、在牛奶湖中做一場最天然的美容SPA、在德國水道中觀賞蝙魟的泳姿、在鯊魚城裏與鯊魚一起游泳、在美人魚水道中欣賞各種奇形異狀的珊瑚、在鹽湖與黃金小海蜇嬉戲、在海洋公園看海豚表演……等。

"Well," Jerry把車停下，"我已經把帛琉的主要景點和水上活動都帶給妳。今天是最後一天，希望妳對我的服務還算滿意。"

"我是滿意，除了……"

"除了什麼？"

"你還沒帶我衝浪過。"

Jerry說鑑於李雯從未接觸過衝浪，這個需要比較長的時間。

李雯問比較長的時間是多長？

"因人而異，幾天到數月皆有可能。"他答。

"聽著，我的假期還剩五個多禮拜，我把這段時間通通拿來學習衝浪，你就是我的專屬教練。"

Jerry聽完，若有所思地說："原來妳這麼有錢。"

李雯當然知道學習衝浪的課時費不會低（尤其還是一對一的包課），但不這麼做的話，怎麼讓彼此的感情升溫？還有，她是有積蓄，但也達不到真正有錢的地步，而她不想讓Jerry誤會她的錢是大風颳來的。

"不，我沒那麼有錢，現在住的五星級酒店都快住不起了。我正想搬到比較便宜的酒店，你有什麼好建議？"

結果Jerry告訴她，他現在住的小木屋每個月只需20美元。如果她感興趣，他可以問問房東還有沒有空出來的房源。

"何必問？我可以跟你擠一塊兒，你只需付10美元。"

"擠一塊兒？這……"

"你好好考慮一下，明天見！"說完，李雯趕緊下車，否則她通紅的臉頰恐怕要洩露心底的祕密。

次日，Jerry到酒店幫李雯搬行李。月租金20美元的小木屋不大，塞進兩個行李箱後，基本只容轉身，但李雯不在乎。對她而言，身體的距離近了，心的距離還會遠嗎？而這正是她想要的。

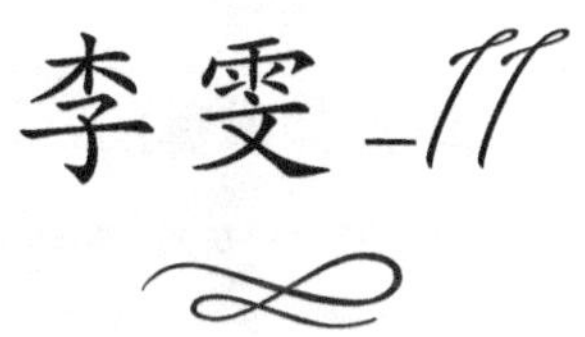

李雯_11

11

他倆的第一次，李雯的需求勝過Jerry，但李雯不介意，心想假以時日，他的感覺會回來的，屆時就能達到水乳交融的程度。

就這樣，白天他倆是教練和學員的關係；夜裏便成了戀人的關係（至少李雯是這麼認定的）。

這一天，當他們出門衝浪時，空氣中已有很濃烈的海腥味及溼氣。

"怕是要下雨了，還是改天再去吧！"Jerry說。

"不，就今天，我不怕下雨。"

不知怎的，Jerry好像被當頭一棒。

"你怎麼了？"她問。

他看著李雯，她鼻尖上的痣依舊，但有另一張臉孔忽隱忽現，相互交替的結果，一會兒是李雯，一會兒不是。

"沒什麼。" Jerry 用力眨一下眼睛，"既然妳想去，當然我陪妳。"

帛琉這個島國由火山島和珊瑚島組成，島的四周偶有深達200米至1000米的海溝，很容易形成2至3米高的波浪，換言之，這樣的海域是衝浪的最佳場所。

Jerry身為衝浪教練，他當然知道哪個區域好衝浪。

興許是天氣的緣故，今日的海比往常要波濤洶湧許多。對於老手而言，這無疑更具挑戰性，但對新手來說，可就沒那麼友好了。

"怎麼樣？" Jerry游向落水的李雯，"還可以吧？！"

"嗯！沒問題。"李雯答。

於是他們又重新站上衝浪板。

Jerry計劃等烏雲佔據1/3個天空時就打道回府，沒想到成功衝上幾個危險的浪點之後，烏雲已經壓頂了。

"得趕緊撤。"他心想。

然而此時到處都見不到李雯的身影。他來來回回地尋找，即使大雨打得睜不開眼睛，體能也快耗盡，他依舊不放棄，最後終於看到一個漂浮在水面上的軀體。

"拜託，絕對不能死！" Jerry 邊祈禱邊向李雯游去。

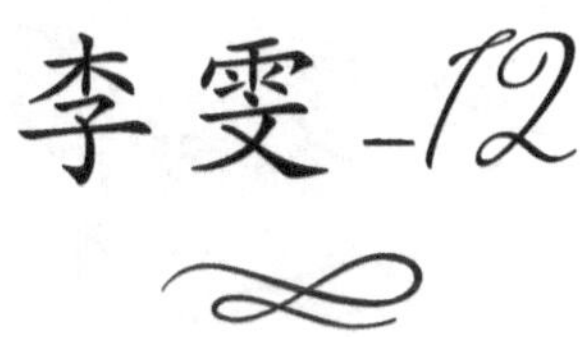

李雯 _12

12

再次被救，李雯的感恩之心與愛慕之情已經不能用言語表達，她問Jerry 要不要跟她一起回米蘭？

"為什麼？" 他反問。

這還用問嗎？米蘭是首屈一指的大城市，是無數人想擠身的時尚殿堂，比起帛琉的"原生態"，米蘭像座五光十色的都市叢林，分分鐘能讓人實現財務自由和階級跨越。換言之，它是人生中難能可貴的跳板……

老實說，Jerry對這些都不感興趣，但不介意上那兒瞧瞧，心想如果不喜歡，大不了再回來。可是李雯卻誤會了，她認為這是Jerry 愛的表現，否則怎會隨她到一個人生地不熟的國家？

"放心，以你無懈可擊的形體，我相信很快能找到走臺步的工作。" 李雯信心滿滿地說。

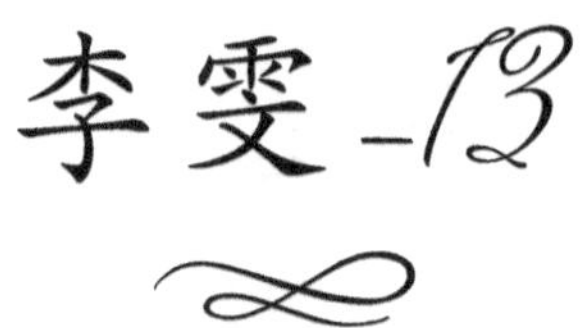

13

李雯的公寓在米蘭市中心，雖然只有一房一廳，但每個功能區都很寬敞，即使多一個人居住也不顯擁擠。

"怎麼樣？還喜歡吧？！"李雯問。

"不錯。"

Jerry嘴巴答不錯，但心裏卻不怎麼開心。打從出租車一進入市區，到處都是人、車和高聳入雲的建築物，讓人直喘不過氣來。再說這公寓，空間是比他之前住過的小木屋大，但一走出來，哪有什麼"一望無際"的景象？他感覺自己好像被圈養起來，這一點兒也不好玩。

"明天開始，我就要上班去，早十晚六。你在家好好學習意大利語，等能應付日常會話時，我再帶你面試模特兒的工作。"李雯對他說。

這是李雯的未來藍圖，她繼續銷售藝術品，男友則從事模特兒的工作（由於她不能隨侍在側，所以Jerry必須擁有基本的意語交流能力）。

"我試試吧！"他答。

頭幾天，Jerry天天窩在公寓裏學習意語，後來實在太壓抑，便出外溜達。漸漸地，只要李雯前腳一走，他後腳也跟上，因為只有在陽光下，他才感覺自己還活著，沒有被這個世界遺忘。

李雯當然也察覺到他的不開心，幫投簡歷的速度也加快了，原因有二：

1、只要Jerry開始工作，活力自然會回來，也就不會不開心。

2、**Jerry** 的簽證是有時效性的，她必須趕在旅遊簽證結束前幫他獲得工作簽證。

當然，如果最後仍無法達到目的，她還有B計劃，那就是走結婚這條路（先申請夫妻團聚簽證，其他的可以慢慢來）。

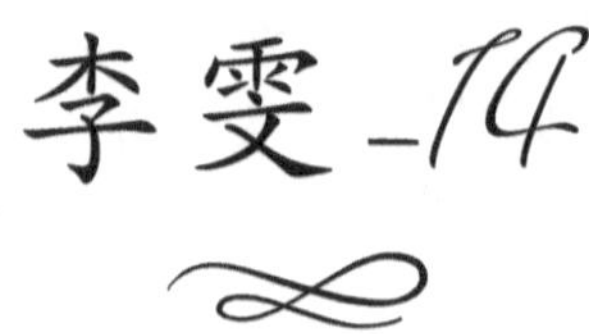

14

李雯這廂計劃得好好的，沒想到卻被三年前的騙子給破壞了。

"你以為我會相信你胡亂編造的謊言？"她問。

"這就是事實，"許舟顯得無奈，"如果妳想要我的上級領導作證，我可以安排，不過也許妳會進一步懷疑上級領導是我找來的演員。"

李雯的憤怒油然而生，而更加令她生氣的是結果正如許舟所言，Jerry（或者他所說的啟東）悄咪咪地走了，連隻字片語也沒留下。

"這是許舟安排的無疑，為的是奪走我好不容易才得來的幸福。"李雯憤恨地想著。

兩年的職場翻滾，李雯早已不是忍氣吞聲的學生妹。隔天她打電話報警，指控許舟騷擾她。

"李雯，妳不相信我，我可以理解，但說我騷擾妳未免……未免太過？既然這樣，妳何不親自飛到錫亞高一探究竟？啟東是島上唯一一家華人衝浪俱樂部的少東，妳不會錯過的。"許舟當著警察的面說。

李雯想想不無道理，次日一早便搭上飛往錫亞高的班機。

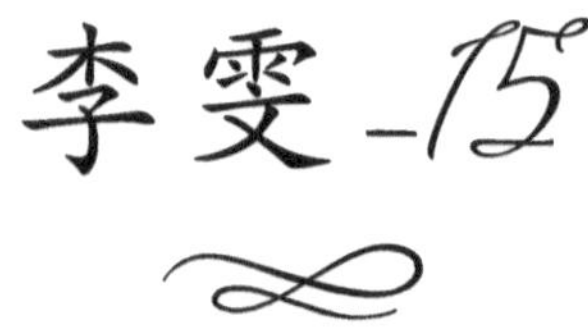

15

依著當地人的指示，李雯來到一個離海不遠的大平層建築，玻璃門上貼著手寫的招牌"大中華衝浪俱樂部"，從墨水的新鮮度來看，應該是新近寫的。

"這字寫得歪歪扭扭的，如果由我來寫，肯定好看許多。"李雯心想。

突然，玻璃門被拉開，一名頭髮花白的華人問她是否想學衝浪？

李雯答是，於是老人做了個"請進"的動作。

一進店，李雯就被滿牆的照片給吸引住。

"那些都是教練和學員的合照。"老人解釋。

李雯指著其中一張，還沒開口，老人便說那是他兒子啟東，現在上課去了。

原來許舟沒騙人，Jerry的真實姓名叫啟東。

“如果妳趕時間，我們還有其他教練，馬上就能上課。”啟東的父親又說。

於是李雯問俱樂部有沒有女教練？

“妳運氣好，我們的女教練剛回歸不久。”

“好，就要她！”

李雯話一答完，老人拉開玻璃門向外喊：“里格賓瑪其珠～”

“來了！”

一個有著小麥膚色且濃眉大眼的年輕女子匆匆趕來，李雯第一眼就認出這是拐走啟東的人，因為她鼻尖上也有一顆痣，位置與自己的一模一樣。

“來錢了。”老人對突然現身的女人說，然後指著李雯。

“原來妳就是我今天的生活費。”那女人笑了，“妳好，我是楊梅。”

“我……我是……安妮。”李雯隨便取了個名字，怕洩露了自己的身份。

“安妮，妳先填寫表格，寫完再繳費，然後就可以開始上課了。”楊梅說。

李雯在表格上填寫自己是初學者，如此一來才能有比較多的岸上練習動作，她也才有機會與這個拐走啟東的女人做深入交談。

等繳完費又租下一個衝浪板後，李雯跟著楊梅往外走去。

路上，李雯問她“里格賓瑪其珠”是什麼意思？

“里格是姓，賓瑪其珠是名，我是摩梭人，楊梅是我的漢文名。”她三言兩語就把兩個名字的關係解釋得清清楚楚。

“妳是摩梭人？”

“我是。”她笑了，“不像嗎？”

李雯發現楊梅很愛笑，這大概是她倆之間最大的差別。

"我也不清楚摩梭人長什麼樣，妳是我認識的第一個摩梭人。"

"是嗎？太好了！"

李雯搞不懂好在哪裏？但也說不出哪裏不好，所以保持沉默。

到了岸邊，楊梅示範了幾個基本動作，李雯故意做不好，還表現出氣喘吁吁的樣子。

"看來妳很少運動，要不要休息一下？"楊梅問。

李雯求之不得。

於是她倆坐在各自的衝浪板上，楊梅的那一個是橙紅色的，顏色已經褪了。

"妳的衝浪板是自己買的嗎？"李雯問。

"不是。"楊梅撫摸衝浪板，"這是我老公送的，已經是很久以前的事了。"

"老……老公？"李雯大驚失色，"我以為摩梭人不結婚。"

楊梅解釋本族人走婚，但與外族人通婚還是需要有結婚手續。

聽完，李雯極度沮喪，什麼都完了！

"妳還好吧？！"楊梅問。

"我很好，"李雯打起精神，"能說說妳和……妳老公的故事嗎？"

"當然可以。"

接下來，楊梅娓娓道來她和啟東的故事。

"你倆就這麼走了，有沒有考慮到李雯會有多難過？"李雯停頓了一下，"人總得將心比心，不能儘想著自己。"

“我的想法與妳不同，我認為長痛不如短痛。如果李雯有心，她會上這裏尋找啟東，到時候我會給她忠告。”

李雯問什麼忠告？楊梅便把那個奇怪的咖啡館道出。

“真有那麼詭異的事？”李雯問。

“妳若不信，何不親自試試？”

話甫歇，李雯聽到有人喚“羊妹妹”。

“啟東，我在這兒，”楊梅大力揮手，“你過來。”

知道啟東正往這裏走來，李雯伴裝肚疼，得馬上如廁。

“快！”楊梅手指相反的方向，“到那邊的樹林裏去。”

李雯一溜煙跑走了。

“那個人是誰？”啟東向楊梅走來，“今天的新學員嗎？”

“是的，她的名字叫安妮。”

“安妮？背影有點兒像……”

“啟東，我的腳好像扭到了。”

於是啟東跪了下來，這邊摸摸，那邊瞧瞧，一副迷惑的樣子。

“哈！騙你的。”

“What? 竟敢騙我？！看我怎麼治妳！”

李雯站在樹林邊，把那兩人嬉戲的情景全納入眼底，心裏酸酸的，因為啟東和她在一起時，從來沒那麼快樂過。

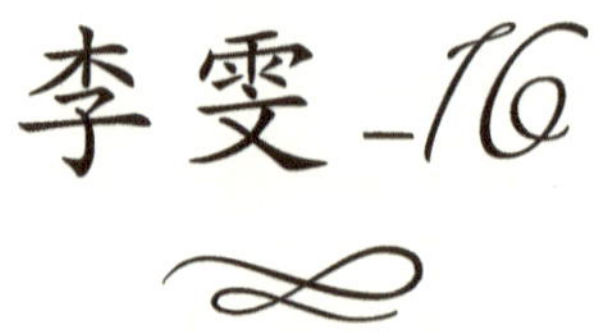

16

李雯意興闌珊地走進酒店大堂，前臺服務員喊住她，給了她一張明天的早餐券。

"No，I don't need it." 她說。

前臺服務員解釋酒店早餐是自助式的，不輸五星級酒店。

李雯回答她待會兒就退房，所以不需要早餐券。

"Why?" 前臺服務員不解地問，因為眼前的客人今天才辦理入住。

李雯胡亂給了個理由，但只有自己心裏清楚——這個島嶼不能再待下去，唯有馬上逃離才能減輕傷痛。

17

在機場，李雯本來應該飛米蘭，不知怎的，後來改主意了。

"見證完那個詭異的咖啡館，剛好可以回家一趟。我已經八年沒回，爸媽一定很想念我！"李雯替自己的任性之舉找到了藉口。

梧桐路上的李雯……

一下機，李雯便把羽絨服裹上身，她沒想到這裏比米蘭還冷
。

坐上出租車後，李雯告訴司機自己要到梧桐路。

"梧桐路幾號？"司機問。

"幾號？我也不清楚。這樣吧！你把我放在有著碧綠梧桐樹
的地方。"

司機聽完哈哈大笑，李雯問他笑什麼？

"梧桐路之所以叫梧桐路，正因為路兩旁全是梧桐樹。還
有，現在是冬天，梧桐樹的樹葉早掉光了，妳若想找碧綠的
梧桐樹，基本不會有。"他答。

這無疑當頭一棒！

楊梅說那家咖啡館的附近有很多碧綠的梧桐樹，李雯壓根兒
沒想到季節變了，植物的狀態也會跟著變。

"那……那把我放在梧桐路上的咖啡館前。"李雯退而求其次
。

“好咧！”

司機後來不負所托，真的把車子停在咖啡館前，可是當李雯察覺不對時，出租車已經絕塵而去。

與她同樣感到惋惜的還包括一名男子，他的身後背著一個登山包。

“這司機的動作可真快！”男子像是對自己說，又像是對李雯說。

“再等等吧！也許下一輛空出租車很快會來。”李雯對他說。

“我已經等了十多分鐘了，看見有出租車停下，立馬跑過來，可惜還是晚了一步。”他轉看李雯，“對了，看妳望眼欲穿的樣子，是不是有東西落在車上？”

“沒有，只是這家咖啡館不是我想找的，我以為還可以重新上車。”

男子問她想找的咖啡館叫什麼名？李雯答她也不清楚，只知道這家咖啡館從外面看不見裏面，門口還立了一個人字板……

“我知道這家，”男子立即插話，“幾個禮拜前我曾想進去喝杯咖啡，結果不得其門而入。”

“為什麼？”

“門鎖住了，開不了。”

“停止營業嗎？”

“怪就怪在這裏，門上掛著‘營業中’的牌子，但實際情況卻非如此。”

李雯不禁擔心起來，萬一今天也沒開門營業，她得就近找家酒店住下。這還不是最糟糕的，如果天天不營業，她怎麼辦？老家離此地很遠，她可沒那個精力和時間來回奔波。

“我想這就是我在找的咖啡館，你可以告訴我怎麼走嗎？”

"當然可以。"

男子指路完畢，一輛空出租車適時來到，他即刻攔下。

"謝謝哈！"李雯對他說。

"不客氣。"男子把登山包扔進後車座，"祝妳喝得上咖啡！"

出租車離開後，李雯拖著行李箱往前走，果然如同方才的男子所言，照相館的旁邊正是她想找的咖啡館。

"凡以神仕者，掌三辰之法，以猶鬼神示之居，在女曰巫，在男曰覡。"唸完人字板上的文字，李雯抬起頭，看到門頭招牌，"原來是這個店名，'覡'字下方還標了讀音，怎麼楊梅說她看不懂呢？"

正當李雯想走過去開門時，"扣"的一聲，門開了。這倒好，她不用擔心自己進不去。

"歡迎光臨！"櫃檯前一位瘦高的年輕人對她說。

"你好，我……"

"不急，妳先看看店裏的東西，有事叫我哈！"

年輕人說完，轉身進入櫃檯後的房間內。

李雯把行李箱擺在鳥架旁的空位上，接著四處張望。

沒進店之前，她以為裏面會很陰暗，實際不然。還有，店裏陳設的東西和楊梅描述過的基本吻合，除了那條熒光綠的毯子看著有些刺眼及格格不入外，沒超出她的想像。

正當李雯伸手想掀開那條不順眼的毯子，好瞧瞧底下有什麼時，一個打扮得像參加萬聖節遊行的中年婦女出現了。

"天氣冷，快來喝杯熱的。"大媽笑咪咪地說，然後把白瓷蓋碗放在店內唯一的桌子上。

這下子李雯只好打消偷窺的念頭，回到椅子上坐好。

"妳怎麼知道我愛喝茉莉花茶？"李雯打開杯蓋後，很驚喜地問。

"這是我的工作。"

"工作？妳......"

"趁熱喝吧！我好開始工作。"

李雯憶起楊梅說過的話（這家咖啡館的店員有兩位，一男一女，還有，店員會根據客人喝剩的飲料給預言或忠告），於是端起碗來喝。由於茶水很燙，她喝了一小口便放下。

大媽坐下後，撿起白瓷碗查看，說："我以為妳至少會喝完一半。"

"那我接著喝好了。"

"不，不需要刻意，"她繼續看著茶水，"那個男人好像很開心的樣子。"

"男人？誰？"

大媽說她看到一個男人在衝浪，皮膚很黑，牙齒很白，但不清楚名字叫什麼。

"原來是啟東，"李雯立刻對號入座，"他是應該開心，剛新婚的人怎會不開心？"

"不，他沒結婚。"大媽很篤定地答。

"可是......"李雯忽然靈光乍現，頓時怒火中燒，"臭婊子，竟敢騙我！"

大媽要李雯稍安勿躁，那男人是沒結婚，但他很愛一個女人。

"女人？誰？"

大媽又看著白瓷碗裏淡黃色的液體，答："她也在衝浪，和方才的男人一前一後。"

原來是楊梅，李雯頓時沒了力氣。

"別氣餒，"大媽安慰她，"我還看到一個男人，他很愛妳。"

"別說是我爸。"

"沒那麼老，他的體型有點兒壯，看起來不怒自威。"

莫非大媽指的是許舟？

"不，不可能是他，"李雯即刻否定，"愛一個人怎麼可能謊話連篇？

"他不是解釋過了，妳怎麼就不信？"大媽說。

"我……等等，妳怎麼知道他解釋過了？"

"妳喝過的茉莉花茶告訴我的。"

李雯又憶起楊梅說過的話，所以姑且信之。

"茶水還說了什麼？"李雯接著問。

"它還說這個愛妳的男人把一個重要的東西放在胡桃木的盒子裏。"

"胡桃木的盒子？這裏嗎？"

"是的。"

李雯站起身左看右瞧，很快便發現它的蹤跡。她走向置物架，把手落在一個胡桃木製的盒子上，打開一看，裏面是一枚美得攝人心魄的戒指。

"太美了！"她忍不住讚歎。

"愛妳的男人也說太美了，妳一定會喜歡這枚戒指。"大媽補上一句。

"他真這麼說？"李雯若有所思，"可是把戒指留在這裏又是什麼意思？他就不能說句痛快話嗎？"

此時"嘎"的一聲傳來，停在鳥架上一動也不動的黑鳥忽然張開翅膀在室內盤旋。幾個來回之後，它把那條熒光綠的毯子叼到圓桌上。

"謝謝你，颯耶。"大媽對它說。

然後鳥兒重新回到鳥架上，再次一動也不動。

"你……"李雯氣炸了，因為發現毯子下有一個人，"你一直躲在這裏偷聽？"

"這……這不算偷聽，"許舟顯得狼狽，"我先來的，楊梅說也許我可以從這家咖啡館得到一些預言或忠告。"

"楊梅也這麼對我說。"李雯喃喃道。

許舟明顯鬆了一口氣。

"可是這不代表我原諒你了。"她追加一句。

"妳原不原諒我，先擺一邊，我現在就想給妳一句痛快話。"

"什麼？"

許舟取出胡桃木盒子內的戒指，然後單膝下跪，說："李雯，我愛妳，嫁給我吧！"

李雯頓時感慨萬千，她等的不正是這個？可是她的心中還有氣，所以遲遲不肯給答覆。

"雯，嫁給我吧！"許舟又說了一遍。

"等下雪時，我再回答你。"說完，她悻然而去。

然而門一打開，飄進了幾朵雪花，原來外面不知何時已成了冰雪世界。

"小姑娘，他還在等妳的答覆。"背後傳來大媽的聲音。

由於許久沒有回音，許舟遂走向李雯，輕輕地扳過她的身子，發現她已淚流滿面。

“對不起，我不是故意的，如果……”

“我願意。”

“什麼？”

“我說我願意，”李雯笑著流淚，“你這個大傻瓜！”

後記

許舟和李雯走後，人們再也找不到巫覡咖啡館，倒是原址（照相館旁）出現了一家雜貨舖，看起來年久失修的樣子……

《完結》

作者介紹

在異國的背景下加入纏綿悱惻的愛情故事是B杜小說的一大特點，她的文筆清新、筆觸詼諧、畫面感很強，讀完小說有種看完一部愛情偶像劇的感覺，特別適合懷春少女及對愛情有憧憬的女性閱讀。

另外，B杜還創作了系列小說（馬力歷險記、極短篇故事集、巫覡店等），歡迎關注。

Also by B杜

《巫觋咖啡馆之梧桐路篇》（简体字版）The Witch &
Warlock Café on Wutong Road (in simplified Chinese characters)

* * *

《法蘭西情人》 Love in France

《東瀛之愛》 Love in Japan

《新西蘭之戀》 Love in New Zealand

《英倫玫瑰》 Love in England

《愛在暹羅》 Love in Thailand

《情定布拉格》 Love in Prague

《獅城情緣》 Love in Singapore

《愛上比佛利》Love in Beverly Hills

《夢回楓葉國》Love in Canada

《早安，歐巴》Love in Korea

《我在蘇黎世等風也等你》Love in Switzerland

《迪拜公主的秘密情人》 Love in Dubai

《馬力歷險記 1 之地球軸心》 The Adventures of Ma Li (1): The Time Axis

《馬力歷險記 2 之黃金國》 The Adventures of Ma Li (2): Eldorado

《馬力歷險記 3 之可可島寶藏》 The Adventures of Ma Li (3): The Treasure of Cocos Island

《B杜極短篇故事集 (1～100)》 A Word to the Wise (Tales 1～100)

《B杜極短篇故事集 (101～200)》 A Word to the Wise (Tales 101～200)

《B杜極短篇故事集 (201～300)》 A Word to the Wise (Tales 201～300)

《B杜極短篇故事集 (301～400)》 A Word to the Wise (Tales 301～400)

www.ingramcontent.com/pod-product-compliance
Lightning Source LLC
Chambersburg PA
CBHW060730190726
48285CB00001B/150